Crimes de Paixão

Obras do autor

234
33 contos escolhidos
Abismo de rosas
Ah, é?
Arara bêbada
Capitu sou eu
Cemitério de elefantes
Chorinho brejeiro
Contos eróticos
Crimes de paixão
Desastres de amor
Desgracida
Dinorá
Em busca de Curitiba perdida
Essas malditas mulheres
A faca no coração
Guerra conjugal
Lincha tarado
Macho não ganha flor
O maníaco do olho verde
Meu querido assassino
Mistérios de Curitiba
Morte na praça
Novelas nada exemplares
Pão e sangue
O pássaro de cinco asas
Pico na veia
A polaquinha
O rei da terra
Rita Ritinha Ritona
A trombeta do anjo vingador
O vampiro de Curitiba
Violetas e pavões
Virgem louca, loucos beijos

Dalton Trevisan

Crimes de Paixão

3ª edição

EDITORA RECORD
RIO DE JANEIRO • SÃO PAULO
2011

CIP-BRASIL. CATALOGAÇÃO-NA-FONTE
SINDICATO NACIONAL DOS EDITORES DE LIVROS, RJ

Trevisan, Dalton
T739c Crimes de paixão / Dalton Trevisan. – 3ª ed. – Rio de Janeiro:
3ª ed. Record, 2011.

ISBN 978-85-01-01380-4

1. Contos brasileiros. I. Título.

CDD: 869.9301
78.0351 CDU: 869.0(81)-34

Imagem de Capa: Pintura (detalhe) de Clovis Trouille

Imagem de 4ª capa: Gravura (detalhe) de Frans Masereel

Texto revisado de segundo o novo Acordo Ortográfico da Língua Portuguesa

Impresso no Brasil

ISBN 978-85-01-01380-4

Sumário

Querida Bandida

— Era garçonete do bar. Ele me viu. Nunca mais deixou em paz.

Franjinha no olho, pinta no seio esquerdo, coxa grossa. Ele a viu, nunca mais foi o mesmo. Um pigarro de fumante, ele que não fumava.

— Dói cada vez que você engole.

Ela subia no ônibus pela porta da frente. Sentava-se no primeiro banco, o vestido mais curto. E pelo espelho sorria para o motorista.

— Não é a mulher do João? Que vergonha.

Às duas da manhã dançando no Caneco de Sangue? As quatro no Bar do Luís tomando canja com batida de maracujá? E às oito desfilando nua no quarto de espelhos do Quatro Bicos?

João esquentava a mamadeira da filha e soluçava de saudade — o pungente aroma da maçã verdoenga na gaveta.

— Maria voltou. Não de arrependida.

Ele foi ao banheiro. Ali na calcinha de flores o nome do outro. Em letra azul de forma. Indelével.

Maria deu pela falta. Soberba, nem reclamou.

— João, você é um palhaço.

Dias depois ele confiscou segunda calcinha.

— De quem é esse nome?

Aos berros, afogava-lhe o pescoço.

— Isso é feitiço.

Ela bateu-lhe na cabeça com a garrafa de conhaque. Espirrou sangue. Cinco pontos no pronto-socorro.

— Tenho a cicatriz até hoje.

Orgulhoso, afastava o remoinho, exibia o sinal.

— É a vergonha da família — gritou o irmão. — Você finge que não vê. Todo mundo sabe.

— Eu sangro. Eu mato.

— Não tem coragem de pular da cama. Ouve passos lá dentro. Vozes na cozinha. Bulha no banheiro. E não vai ver...

Ah, é? Quando a filha chora, quem levanta mais depressa?

— Você não tem prova.

— Muita gente viu a Maria...

— É inveja.

— ... no bar com o André.

— Que tua mulher é gorda de bigode.

Reuniram-se na sala, debaixo do São Jorge, os dois irmãos com a moça.

— Só tenho pena da menina.

Maria arrumou a coleção de elefantes de louça e cruzou as coxas luminosas de brancas.

— E aquele moço que o nome começa com A?

— Só intriga.

— Quem foi que disse para uma amiga: *Que saudade que eu tenho...*

— Eu é que...

— *... de sair para as bocas...*

— ... não fui.

— *... sentir o fedor dos meus negros?*

— Ai, que bandida.

— De quem o retrato colorido? Inteirinha nua. Que ele mostra aos parceiros?

— Provo que não é verdade. João é um maníaco. Abre as gavetas. Pula a janela atrás de rastro. Remexe a roupa suja no cesto.

— E a história da tevê? Até a uma da manhã? Sem deixar ele dormir?

— Mentira. Sabe do que mais? Ele fica comigo.

O pobre escondeu os olhos, envergonhado.

— Fica de mão dada.

— Jura que não é traidora?

— Sou muito perseguida.

— Com o André no bar.

— Eu podia evitar? Foi atrás de mim.

— Não precisava entrar no Caneco de Sangue — atalhou o irmão.

— Entramos para prosear. Antes eu corri. Quase torci o pé.

— Qual foi a conversa?

— Pedi que não me seguisse. Não tenho mais sossego. Todos me olham. Eu sou mulher fácil? É esse falatório. De quem a culpa?

— Me perdoe, Maria. Eu não...

— Do seu irmão. E você, João?

Bastava ela molhar o indicador e, com gritinho furioso, erguer a franja do vestido (*Ai, maldita pulga!*). Não era a querida mulinha relinchando e derrubando o coqueiro ao surgir o menino na porteira? Ele saía na chuva comprar-lhe amendoim torrado, bombom de licor, batatinha frita.

— Quer que eu fuja de casa?

Um bando de pintassilgos trinando no peito:

— Quero que fique. Você é minha mulher.

— Tua mulher, o caralho — bradou o irmão. — Tua mulher é dele há muito tempo. Você é um frouxo e não é de nada. Ele vai levar tua mulher. Teus dias com ela acabaram, seu corno.

Raivoso, enfiou o chapéu e bateu a porta. Maria enroscou-se nos joelhos do moço.

— Bem que eu soube, João.

— O que, meu bem?

— Você tem uma polaquinha.

No delírio a pinta preta ora no seio esquerdo ora no direito.

— Que desajeitado.

Se torcesse o mamilo, ó Deus, acendia foquinho vermelho?

— Minha polaquinha é você.

— Não carece rasgar. Ela me aperta.

E se livrou da última pecinha. João caiu de beijos na marca tremida do elástico.

— Ai, que enjoo. Não me despenteie. Já disse que não.

Tão esganado, em vez de chupar a bala azedinha, engoliu-a com papel e tudo.

Ela se pintou de ouro para ir ao dentista. Subiu no ônibus, perdeu-se dois dias e três noites.

Em despedida, com um alfinete havia furado o chocalho da filha.

Partido os galhos da roseira.

Com o batom rabiscado EU ODEIO VOCÊ no espelho da penteadeira.

João não a procurou, com medo de achá-la. Para se consolar, embalava a filha. E afagava no bolso a calcinha florida.

Quem era ali na porta, bêbada, riso canalha, vestido encarnado de cetim?

João não sangrou nem matou. Lavou-lhe o pezinho, deitou-a na cama — a coitadinha, manchas azuis no corpo das pontas de cigarro. Antes de adormecer, ela gemeu o nome que começa com D.

— Minha filha...

João inclinou-se no berço ao lado.

— ... eu não disse...

E sorriu, venturoso.

— ... que ela voltava?

Maria de Eu

A bulha ligeira na tábua lavada do corredor. Exigência da velha, ele deixava o sapato e botava o chinelo, que não manchasse o soalho branquinho.

Surgiu a cabeça na janela:

— Ah, é você?

Em seguida na porta, uma gorda lágrima no olhinho raiado de sangue.

— Passando bem, seu João?

Cinco anos atrás, aquela dor enjoada na nuca. De repente esquecido de um lado, rolou de costas no fogão, ainda bem apagado. Três dias em coma. A velha escovou o terno azul, os filhos caiaram o túmulo. Eta velhinho desgracido, não é que se recuperou? Vinte e um dias puxou da perna esquerda, outra vez lépido e fagueiro.

Lépido, fagueiro e brioso. Ai da vizinha que, o maldito galho de pereira sobre o muro, lhe faltou ao respeito:

— Ó seu João do saco murcho!

Surrou tanto com o rabo-de-tatu que a deixou estirada.

— André, não me conformo.

— Paciência, seu João.

— Em remédio, a pobre, desde janeiro. Mas não se entregou. Bem que eu dizia: Chega de lidar, velha. Essa menina aí (e apontou para a cozinha) eu quis pegar. Ela se deitou quinze dias. Só gemia: *Tire essa dor...* Daí chamei o médico. Corri até a farmácia. Já estava de vela na mão.

Escorria uma e outra lágrima que, ao tocar o queixo, ele enxugava no dedo bem torto.

— Eu não aceito. Sabe o que é?

Afagando no pescoço o lombinho cada dia maior.

— Depois de sessenta e cinco anos! Não são sessenta e cinco dias...

Até uma bruxa velha faz falta? Brigaram desde o primeiro dia. Desconfiado que, mocinha, o enganava com o escrivão e o sargento.

— Que vai ser de minha vida?

Sem a escrava, a cozinheira, a guardiã do filho mongoloide.

— Olhe as pobres violetas... Estão murchando.

A velha maníaca por flores. Toda a casa um jardim perfumoso. Nas asas douradas do sol zuniam abelha, borboleta, colibri. Às violetas na janela quem lhes dará carinho e água na boca?

— E os filhos nem a velha esfriou... Já queriam o inventário. Antes da missa de sétimo dia.

— Do Beto o que vai ser?

Em resposta, no fim do corredor escuro o uivo retumbante. Focinho rubicundo, cabeleira grisalha no ombro, longuíssima unha amarela, sacudia-se furioso nas grades da janela. Era apresentado às visitas:

— Este é o filho tarado.

Um bicho só domesticado pelo amor implacável da mãe. Sábado ia sozinho ao barbeiro — de piteira branca na boquinha desdentada. A piteira sem cigarro era o prêmio por fazer a barba.

Deixava-o dar uma voltinha. Era atravessar a rua, já sumido. O aviso aflito pelo rádio: *Perdeu-se um débil mental, quarenta anos, atende por Beto. Levava um radinho na mão...* Manhã seguinte achado na cadeia.

— Como é que foi? Conte, Beto, para o homem.

— Na 'unda... na 'unda...

O gesto de levar pontapé e bofetão nas duas faces.

— De nada não sofre. Só os pés que incham. Ainda vai longe.

Agora um ganido de cachorrinho para a lua.

— Cisma dele é a mãe. Não sabe o que é morrer. Primeira coisa de manhã, ficava na ponta do pé, um beijo molhado na testa. Se ela saía, já fazendo beicinho: *A Maria? Onde foi a Maria?* Quieto, seu peste — eu ralhava. Foi ali e já volta. Ela servia o café com leite na caneca de *Felicidade.* Tirava a casca do pão. Cortava o pedaço no tamanho certo. Doidinho por mel. E agora?

Virou o rosto para esconder o lábio tremido.

— Chama por ela o dia inteiro. Daí eu levo ao cemitério. Sábado quis ir duas vezes. Mas não deixei: Hoje não. Só amanhã. Com aquele bruto sol? Chapéu ele não usa. Fica me puxando a manga do paletó.

— Não compreende, o coitado.

— Beija o túmulo. O rosto lambuza de baba. Foi para o céu, que eu digo. Ela já volta. Chega em casa, espia atrás da porta: *Onde a Maria de eu?*

Coçou com força o lombinho vermelho no pescoço.

— *Maria, quem dá banho eu?* Ela abria o chuveiro, mandava-o entrar. Nem se lavar ele sabe. Fica se molhando, rindo e se exibindo.

Cruzou a perna, batia o chinelinho no cascão branco do calcanhar.

— Não é a Maria, quem cuida dele? Tenho de o prender no quarto. Daqui ouço os gritos: *Maria, quem corta unha eu?*

Duas vezes fugiu para o cemitério. Aos uivos por entre os túmulos, sem achar a mãe. Perseguido e arrastado pela rua, a touca verde de crochê enterrada na orelha.

— Você não procure mais. Ela foi para o céu. Não chame que você atrapalha. Daí ela não volta.

Inútil explicar, Beto não entende, asinha esquece. Ali na janela a coleção de violetas murchando nos vasinhos:

— *Onde a Maria de eu?*

Ó rosa ó petúnia ó lírio que perfumam no escuro o quarto vazio — para ninguém.

Desolado, o velho baixou a cabecinha trêmula:

— Onde a Maria de nós dois?

O Barquinho Bêbado

Bêbado, onze da noite, voltava para casa. No rumo de casa, mesmo que lá não chegasse. Mulher e filhas viajando, Curitiba toda sua.

No ponto de ônibus, a menina de calça comprida azul, blusa rósea de seda, bolsa branca de cursinho.

— Entre.

Tão decidido, ela nem relutou.

— Que eu te levo.

Alta, peituda, o mulherão sorriu: era toda dentes.

— Entre, minha filha.

Ela obedeceu, a bolsa volumosa no colo. Amigos de infância, Laurinho contou-lhe a vida inteira. Ela não aluna, mas professora, trinta anos, casadinha. Muito distinto, não a tocou. Ria fácil, ela ainda mais.

Insinuou-se de carro na garagem. Escuro, ninguém ia ver. Cruzaram a cozinha, o corredor, a sala, até o escritório, mais conchegante no sofá de veludo.

Trouxe o gelo no baldinho. Serviu doses duplas da velha botija.

— Ao nosso encontro!

Mal se distraiu, ela desceu a mão e segurou. — Seu diabinho reinador.

Só então o primeiro beijo. A peça em penumbra, ele também com pouca luz. Iniciativa da língua foi dela. Ao retribuir, o arrepio de susto no grampinho do canino.

— É a minha perdição, querido. Sabe que o meu marido...

Debateu-se, o nariz afundado no terceiro seio.

— ... eu nunca traí?

Copo na mão, celebrou o barco bêbado de papel, que era ele mesmo. Na viagem ao fim da noite, fazendo água e ardendo em chamas. Assombrado por hipocampos voadores e pontões vermelhos de olho fosforescente.

— Um sujeito como você. É um prêmio. Nem todas têm a mesma sorte.

O tipo fabuloso agradecia os assobios e as palmas.

— Agora aparece a das Dores na tua vida. Tua esposa não sabe a joia que tem. Como você é bacana...

Deslumbrado, a primeira mulher que o compreendia.

— ... e consequente.

Se voltasse à cena, repetindo o famoso número?

— Ali o banheiro.

Aos tombos correu para o das filhas. Quando ela voltou, já estava na cama, peladinho, a ponta do lençol erguida.

Luz do corredor acesa, o quarto em penumbra. Com a roupa na mão ela escondia os mamelões. Só de calcinha, das antigas, rendas e fitas, da coxa ao umbigo. Coxa de dona madura, grossa que vai afinando.

Ainda a grande amante da madruga, a musa dos anos quarenta, pão e vinho da última ceia. Pudera, não o achou culto, falastrão, sedutor?

Ela deu a volta e enfiou-se debaixo do lençol. Ai, a falta que um espelho faz. O responsório da velha liturgia:

— Quedê o toicinho daqui?

— ....!

— Quedê o fogo?

— ....?...........?

— Quedê o boi?

— ....? ....!

Aluna, por que desbocada? Professora, nenhum palavrão.

Ele exigiu todas as variações, por cima, de lado, por baixo, cabeça trocada. Para beijar como ela beijava traía o marido com o próprio marido.

Até que foi aquela gritaria. Depois a célebre cochiladinha. Acordou assustado, olhou no pulso: duas horas. Entrou no chuveiro, barbeou-se, trocou de óculo. Sentou-se na cama. Acordou-a para que o visse.

— Mãezinha do céu! Esse bonitão quem é?

Depressa tirou o paletó, gravata, camisa, calça, sapato. Montou a eguinha dócil e, na falta de chicote, bateu com a mão aberta.

Mais um banho. Ela sugeriu que os dois, ele não quis. Ela pedia uma touca — deu a da mulher. Cada banho ele usava uma toalha. Era só toalha pelos cantos.

Demorava demais, a das Dores. Impaciente que fosse embora. Não estaria remexendo nos brincos e pulseiras da mulher? Abriu a porta, retocava-se no espelho, ainda em calcinha. Cara medonha rebocada — Desdêmona travestida do Mouro de Veneza.

— Não está pronta?

Trinta anos que eram mais de quarenta.

— Só um minutinho.

Bem igual à mulher. Esfregou as mãos de nervoso. Ao ficar de pé — oh, não — mais uma baixinha.

— Não achei o sapato, bem.

Olhou de relance o pé — e do que viu não gostou.

— Deixou lá no escritório.

Foi atrás dela, não tocasse nos seus discos e livros. Uma ratona parda de gravata-borboleta, esse era o sapato.

— Agora vamos.

— Sei fazer café bem gostoso.

Toda bandida sempre esfomeada.

— Deixe o gostinho bom da bebida.

Ela se extasiava na sala com o toque pimpão da mulher, museu de horrores, monumento ao mau gosto. Achou a filha na moldura muito parecida com o pai.

— Eu tenho dois. O rapaz de dezoito. A mocinha de quinze.

Sofria demais com o marido, monstro moral que...

Rompeu a toda velocidade, nauseado com a morrinha da pintura. Fraquinho, enfarado, arrependido. À luz crua da manhã, não era a avó torta da menina do cursinho? Se olhasse na bolsa, em vez de livro e caderno, o longo verde de cetim, meia maçã e broinha de fubá?

A corrida aflita e, apesar dos grandes silêncios, sempre um galã.

— Pare na esquina, bem.

Ele parou e, sem desligar, acelerava.

— Quando te vejo?

— Duas da tarde. Espere aqui mesmo. Combinado, querida?

Essa, nunca mais. Aperto cerimonioso de mão. Arrancava cantando o pneu.

Estacou no primeiro bar. No balcão infecto, média com pão e queijo. Mastigou sem gosto. Ao lado, o tipo de naso vermelho enterrado na espuma da cerveja. Ainda ou já? Bem barbeado, já era.

Adentra ligeiro a casa, a boca salivando. No banheiro, ajoelha-se, mete a cabeça no vaso — e invoca o nome de Deus. Despeja todo o café. Fagueiro bem-estar, levita sobre as toalhas. Epa, grãos de areia no olho, a golfada amarela de bile.

Grandes goles de água mineral no gargalo. De novo de joelho no tapete felpudo vermelho. Do fundo da alma o uivo fulgurante, a baba fosfórea no queixo.

A cara lá dentro, reduzido ao que é, mísero anão de privada. Nos estertores, geme baixinho e suspira longo — até que faz bem.

Soluça as lágrimas de barata leprosa. Afasta do olho o cabelo molhado até a raiz. Fraqueza na panturrilha, agarra-se pelas paredes, aspira todo o ar da janela. Sacudido de arrepios — ai, ai, ai. Barquinho bêbado jogando no alto-mar da agonia.

Ao meio-dia deita a cabecinha no travesseiro — pior que a famosa náusea do espírito só a do pobre corpinho.

Geme pelo anjo que lhe segure a testa. Com a mão fresquinha enxugue o suor frio da morte na alma. Que lhe dê na boca o chazinho de losna — o mesmo que a mãe fazia para o pai — bem gelado.

— Mãezinha...

A mãe lhe amparava a testa, já a mulher não.

— ... eu quero morrer.

Aperta a veia no pulso — por que bate, ó Deus, tão depressa? —, medroso de contar. No relógio da sala as duas pancadas do juízo final. Consolo único que, em vão o espera, a das Dores da sua vida.

Só não sabe que, na pressa, ela esqueceu no estojo da mulher um dos brincos dourados.

Despedida de Viúvo

— Despedida de viúvo?

— Bebeu duas garrafas do vinho de laranja. Até o Beto ganhou um copo.

— Eta velhinho desgracido.

— A Zezé chegou grávida. Ladina, que é do velho. E ele no maior gosto.

— Será que entre os dois...

— O doutor acha que pode? Aos oitenta e sete anos? Além de velho, diabético. Que dormem juntos é certo.

— Como é que sabe?

— Sábado o Beto no barbeiro. Com a piteira sem cigarro. Ele contou: *João e Zezé na cama.* Dois dedos em volta do olhinho vermelho: *No buraco eu...*

— Espiando pela fechadura, o danado.

— O afilhadinho de onze anos, o que disse? *Com uma dor na alma do coração. A Zezé usando o perfume de tia Maria. É o cheirinho dela.* Cuspindo e esfregando o pé: *Pelas violetas de tia Maria esse velho há de pagar.*

— Seu João quer mesmo casar?

— Conversa, doutor. O velho está impertinente. Acha tudo ruim. Outra noite saiu dar uma voltinha. Quando chegou, estavam a moça, a mãe, a irmã vendo a novela. Fez gritaria medonha. Ralhou com todas. Ela se ofendeu e foi embora. Dia seguinte os encontrei chorando. Ele e o Beto. Dois meninos de castigo.

— Daí encomendou a doação.

— Fez duas listas. Uma com o preço bem alto. Para ela saber do valor.

— Ela pernoita?

— A mãe não queria. Sabe o que ele disse? *Isso acontece só de noite? Não confia, a bruxa. Com razão: sou velho fogoso.* Na frente dela, soprando as mãos: *Não se aflija, nhá Eufêmia. A sua menina cuida de duas crianças.*

— Tem lábia, o velhinho.

— Triste é que os dois nem se lembram da pobre Maria. Só choram de fingidos. Ele engenhou a doação convencido de que é eterno.

— Tomei todas as cautelas.

— O Dadá tão contrariado que a veia da testa saltou. As filhas se recusam a assistir. De vergonha.

— É ato legal. Uma simples doação.

Entram de braço o velho lampeiro e a moça. Todo azul, lenço vermelho no pescoço, grande bota. Ela enfeitadinha no vestido rosa, luva de crochê, sapatinho de verniz.

— Sente perto de mim, negra.

Logo atrás o sargento, óculo escuro, bigodão.

— Aqui estou como testemunha, doutor.

Risonho, o velhinho estralou os dedos bem tortos:

— Fui padrinho do Jorge. De batismo. Agora eu que peço louvado.

Mais que depressa exibiu a certidão de óbito de nhá Maria.

— Eu não pedi, seu João. Nada tem que ver. A falecida merece respeito.

— Me enganei, doutor. Onde estou com a cabeça? Aqui o título de eleitor. E o da Zezé.

O doutor leu bem devagar:

— Doação com reserva de usufruto vitalício.

... mais um guarda-roupa com espelho, quatro poltronas de braço, duas camas de solteiro, uma cama de casal...

— Não seja arisca, negrinha.

... escrivaninha de tampo móvel, cristaleira completa com louça fina...

— Já entreguei todas as chaves. Não é, bem?

... mesinha de pinho, seis cadeiras de compensado, três cadeiras de palhinha, uma geladeira...

— Só a geladeira vale um dinheirão. Certo, doutor?

... um rádio pequeno, uma tevê grande, armário velho na despensa, mesa de cozinha, fogão de lenha...

— Com a Zezé nem careço da botija de água quente.

A donatária obriga-se a prestar serviços domésticos de arrumadeira e cozinheira, pernoitando...

O velho pigarreou e piscou o olhinho safado.

Bons cuidados ao doador e a seu filho Alberto, mongoloide...

— É preciso, doutor?

— Ele é doente, seu João. A Zezé deve ter paciência. Não pode judiar.

— Deus me livre, doutor.

Se a donatária falecer antes do doador os bens reverterão ao patrimônio...

— Quer dizer, Zezé. Se você morre primeiro... que bobagem, anjinho...

Para o velhote não havia a menor dúvida.

— ... eu faço o enterro. Fique descansada.

Concluída a leitura, o doutor olhou para a moça:

— Entendeu bem, Zezé?

Ela esfregou o sapatinho debaixo da cadeira:

— Pensei que fosse casamento.

— Nada de casamento. Não foi o que. Ninguém me falou.

O sargento retorceu as pontas do bigodão.

— Por causa da idade, não é, doutor?

— Não é pela idade. Casamento o juiz que faz. Não o advogado. Nem acabou o inventário da falecida.

Resoluta, a moça ergueu a cabeça:

— Vim aqui, João, para casar.

E para o doutor:

— O que o doutor leu é um contrato de serviço.

— A negrinha em mim não se fia?

— Não foi isso que o senhor prometeu.

— Deixe a vossa senhoria de lado. Diga *você*.

— Não é casamento.

— Mais ou menos. Não é, doutor? Sabe como é. Água dura em pedra mole... Epa, quero dizer. Como é mesmo? A gente vai pegando no queixinho... (e beliscou o queixo trêmulo da moça). Esta menina é um vento noroeste.

O zéfiro buliçoso que esperta o sangue do velho.

— Penso na minha reputação. Estou grávida.

O doutor atalhou:

— Tem certeza? Do seu João?

Ele todo gabola:

— É muito meu. Inchada ela está. Não é, negrinha? Só alisar o queixinho, um tapa na bunda, e pronto!

— Se tiver um filho, o que minha mãe vai dizer?

— Não é problema. Seu João pode registrar.

— Decerto. Não é a primeira vez.

— Como assim?

— Anos atrás, fiz numa outra. O nome não posso dizer. Arrumei um cabra que reconheceu.

— Então casada não estou.

— Ainda não, negrinha.

— Pense bem, Zezé. Não é obrigada.

— Tudo lá na casa, anjinho, é teu.

— Só assina se quiser.

Firmadas as duas vias, o doutor estendeu uma para cada um.

— Mais o título de eleitor. E o da Zezé.

— O teu, sua bobinha, eu guardo. Os dois juntos.

Ficaram todos de pé.

— Agora os seus serviços, doutor.

— De bugre não se cobra.

Aos oitenta e sete anos o cabelinho bem preto.

— Depois tratamos dos papéis. Quando o herdeiro vier. Não é, doutor? Nhô Tico recasou com mais de setenta. E ninguém falou mal. Morreu aos cento e três anos. Deixou o caçula com dezesseis — não era a mesma cara?

Com paralisia agitante, passeava bem cedo a cavalo. Um remoinho de braço, bota, chicote para todo lado. Brioso, enjeitava a mão estendida.

— Encheu de filho a mocinha.

Impaciente, Zezé esperava na porta.

— Ai de quem duvidasse: *Epa, moço, veja como fala.*

Apeando em casa, tal o tremelique, tinha de se abraçar na palmeira. Mais três passos de foice. Sem largar nunca o chicotinho.

— Quando morreu tiraram o retrato. De pé.

O caixão aberto na porta da igreja. De pé. O finadinho caprichou na pose que, ampliada, enfeita a sala de visita.

Cento e três anos, vivo ou morto qual a diferença? Só que um fala e outro não.

— Sou da raça de nhô Tico, doutor.

Correu ligeirinho atrás da moça que muito braba descia a escada.

João, sua Mulher Onde Está?

Dona Biela achou que era demais. Os seis filhos chorando de fome, a sogra entrevada no fundo da cama e, há três dias, o marido se regalando na praia.

Com os filhos menores, um em cada mão, foi procurar o marido de dona Maria.

— O senhor se lembra de mim?

— O rosto não é estranho.

— Sou a mulher do sargento André.

— Ah. Conheço muito. Foi padrinho de casamento da minha filha.

— O senhor sabe onde está sua mulher?

— Certo que sei. Com a Zezé. Na praia. Recebe passe na tenda divina.

— O senhor sabe com quem a Zezé está?

— ...

— Com o cabo Floripes.

— Eu me admiro. Ela é uma senhora honesta.

— Eu é que sei. Peguei os dois no escuro se beijando.

— Barbaridade.

Ela soltou a mão dos piás, que brincassem por perto.

— Seu João, o senhor dê um jeito na sua mulher.

— Que é isso, dona Biela?

— Ela está de caso com o meu sargento.

O homem até sentou-se na cadeira da varanda.

— O senhor é enganado, seu João. Ela está na praia. Mas com o amante. Que é o meu marido.

— Não acredito. E a tenda divina? Da grande Madame Zora? Estou revoltado.

— Por que o senhor...

E dona Biela chamou os dois guris.

— ... não vai lá ver?

Bem que nunca duvidou da sua Maria, melhor buscá-la e acabar o falatório, não chegasse ao ouvido das mocinhas. Por que agora, depois de velha, tingira de loiro o cabelo?

Na esquina contratou a corrida de táxi. Disse que ia ver um terreno para comprar. Muito nervoso, contou ao chofer que, casado vinte e dois anos, sempre viveu sem contrariedade. A sua velha na praia com a amiga Zezé. Recebia passe da famosa benzedeira, vidente e ocultista Madame Zora. Mesmo desgostoso, para o bem dela, João deixava. As três filhas reclamavam a falta da mãe.

Às cinco da tarde paravam na casa de Zezé, fechada e sem ninguém.

Ordenou ao motorista desse uma volta na quadra. Rezava a Deus que a mulher estivesse sozinha. Não era ela, gordinha e biquíni de florinha, ali na praia?

— Veja — disse ao chofer. — Aquela é a minha patroa.

De biquíni e a velha cicatriz de cesariana. Sorria porque a acusação da dona do sargento era falsa.

O carro seguiu no encalço dela, que olhava para a esquerda, para a direita e para trás. Do boteco surgiram três banhistas, uma mulher e dois homens, que brincavam de se esconder.

A fulana era Zezé e um deles o cabo Floripes.

Com gritos de alegria e risos gostosos cada uma se jogou no peito do seu homem.

O outro, de bigodinho, dente de ouro e calção amarelo, agarrou a Maria, ergueu-a nos braços, beijou furioso na boca.

João viu os quatro se beijando no meio da rua.

Que tal uma surra na dona e no sargento? Depois voltava para casa.

Enfiou a cabeça na janela:

— Era só o que faltava.

Zezé afastou-se do cabo Floripes. Os quatro olhavam para ele, que saltou do táxi.

— É o João!

Avisou a mulher. O sargento, olho vermelho de bêbado, já lhe dava um soco no peito. João puxou do revólver e atirou. Não acertou e recebeu mais um soco. O segundo tiro atingiu o sargento, que abriu os braços e caiu de costas numa poça de sangue.

A mulher de joelho e mão posta:

— Que é isso, João? As nossas filhas... Não seja louco! Eu não...

E segurou o cano do revólver, era tarde: o tiro furava a palma. Três bocas cuspiram sangue da cara que, ainda falando, já mordia a areia quente.

Longe fugia o cabo, largando a Zezé, aos gritos do outro lado.

João pulou no táxi e ordenou ao motorista que voltasse. Este, muito aflito, disse que um homem de brio faria o mesmo diante do quadro vergonhoso.

Olhava demais para a arma. Na primeira ponte João atirou-a nas águas do rio.

— Matei minha mulher. E o amante eu matei. Perdição da pobre foi a Zezé. A que fugiu com o cabo.

Tirou o óculo para enxugar duas lágrimas.

— Agora estou de coração aliviado.

De repente reparou nas mil florinhas à margem da estrada.

— Eu dava toda a liberdade. Nunca pensei que ela me traía.

Na tarde tão quieta o doce canto da corruíra.

— Sabia que era avó?

Encolhido no banco, fechou os olhos, dormiu sereno até a casa.

Mas não entrou e foi bater palmas no portão de dona Biela. Era noite, ela não conheceu o senhor gordo na sombra da glicínia.

— O sargento está?

Assim que falou, ela soube quem era.

— Não. Ficou na praia.

— Então ele está morto.

E deu -lhe as costas antes que dona Biela começasse a chorar.

A Gilete na Peruca Loira

— Ai, como é forte, meu bem.

Laurinho ainda indeciso, o anjo da guarda dizia que não. Nos seus braços, atração do inferninho, a grande cantora Carla. Carente de afeto, babujou o seio duro. Ela respondia com a língua trêmula na orelha.

— Não quer, benzinho?

A voz mais rouca:

— Gosto de apanhar...

Tanto bastou para ele se decidir. Bebeu a quinta dose, ela voltou no casaco de pele, a famosa sacola na mão.

— Não se arrepende, bem.

No fim dos vinte e um degraus o sorriso do porteiro no uniforme de almirante. Risinhos de inveja dos tipos encostados na parede, a perna dobrada. No espelho retrovisor os dentes alegres do negro ao volante:

— Onde, doutor?

— Para o Hotel Carioca.

Na portaria, ao preencher a ficha, um casal à espera sorria e cochichava. Os dois sabonetes. A chave com a viscosa bola vermelha. Em cada espelho do corredor, olho bem aberto, um beijo alucinado. No belo rosto a sombra mais azul a cada volta da escada.

Laurinho deixou-se cair na cama. Ela entrou no banheiro e fechou a porta. Pelo telefone ele ordenou mais um uísque. O último, que você pede, mas nunca vem.

Carla demorava, ele cabeceou — poxa, velhinho, não durma.

— Aqui estou, querido.

Ergueu a cabeça, olhou, o que viu? Sem a peruca loira, fulgurante cabeleira negra. O peito largo de colosso. A toalha branca na cintura deixava entrever as prendas. No alto dos tamancos dourados, sorria.

Imediatamente curado do porre — sai dessa, Laurinho.

Carla fez a volta na cama. Dobrou o joelho — o colchão rangeu ao grande peso. Abraçando-o, fungou-lhe no pescoço:

— Como é gostoso, bem.

A cabecinha aos gritos imaginando uma saída. Antes que fosse tarde. Antes que ela sacasse a gilete da peruca loira.

Ainda bem todo vestido, paletó e colete. Mão rapace explorava-lhe a intimidade. O braço poderoso apertava-o no frenesi da perdição.

— Tadinho do meu amor.

Dardejando-lhe a grossa língua roxa na boca:

— Tarada pelo gorducho de óculo.

E agora, Cacilda?

— Me beije, sua louca.

De repente iluminado, mão crispando-se na gravata de bolinha:

— Ai, que dor. Esse puto coração.

Frenético, vasculhou os bolsos:

— A pastilha, meu Deus, esqueci... Só ela me salva. Debaixo da língua.

Entre surpresa e incrédula, olhava-o.

— O terceiro aviso. Estou perdido. É o enfarte.

Careta sincera de sofrimento:

— Uma faca no peito. O braço formigando... Não posso...

Ela agarrou-lhe o rosto nas mãos:

— Quer me enganar, sua danadinha?

Óculo embaçado, guardou-o no bolsinho. Me acuda, mãezinha do céu. Vai tirar a gilete da peruca.

— Veja como estou.

E deixou a toalha cair no chão.

— Não pode me largar, sua diabinha. Não assim.

O coraçãozinho tossia no joelho e repercutia no ouvido.

Carla afagou-lhe a testa em fogo:

— Que suor frio...

Laurinho apertou-lhe a manopla no peito:

— Veja como ele pula!

Primeira taquicardia bem-vinda.

— Se não me ajuda, eu morro aqui. Já imaginou, poxa, o escândalo?

No alto dos seios pontudos e dos tamancos dourados exibia-se na força da paixão.

— Já lhe dou...

Outra careta, voz sumida, na maior doçura:

— ... um cheque.

Ainda não convencida, a criatura:

— Se esperasse um pouco? Já passa. Bem quietinha.

Arrebatou-o no braço possante:

— Assim. Deixe. Veja como é quentinho.

Ele começou a respirar aos arrancos — ainda fingia ou era mesmo ataque? Entre o enfarte e a gilete o meu coração balança.

— Só a pastilha me salva. Os minutos, contados. Ajude, meu... amor. Me acuda.

Nunca se livraria das malditas duas mãos mais uma.

— Faço questão. Veio até aqui. Não é justo.

Botando o óculo rabiscou de pé na penteadeira — a letrinha tremida. Outro cheque devolvido? Dele não era a assinatura.

— Ai, boneca. Mais um pouco. Deixe. Só um pouco.

De repente aos berros:

— Em dez minutos, poxa, eu morro. É o que você quer, poxa?

Tamanha convicção que a criatura se perturbou.

— Que pena. Tão gostosa. Logo hoje que eu...

Nele conchegada, embalou-o, pobrezinho.

Não podia o beijo recusar — a dura língua inchada. A barba espinhou no rosto e depois na nuca.

— O braço esquecido... Não há mais tempo!

Só aí que a tipa se apavorou.

— Já me visto. Eu o acompanho.

Na penteadeira apanhou o cheque:

— Muito gentil, benzinho.

Óculo embaçado, arrastou-se até o corredor. Esperou com a porta aberta.

— Não aguento mais.

Enxugou o suor da testa — era mesmo gélido. Tão grande susto, o cabelo grisalho molhado até a raiz.

— Por favor. Depressa.

Carla voltou de terninho azul muito elegante. Deu-lhe o braço, amparando-o na escada. Não fosse ela, esquecia o documento na portaria.

No táxi de mãozinha dada. Quis deixá-la no caminho, ela protestou:

— Sozinho, bem, não pode.

De peruca loira, já erguia o braço — golpe certeiro na carótida?

Ele deu o endereço da casa.

Só faltava, de luz acesa no portão, a corruíra nanica à espera.

Olhe a Maçã, que Bonita

Trinta e sete anos de escrava. Não aguento mais. Você sabe o que sofro. Os trens da casa ele não quer dividir. Quem ajudou não fui eu? Até hoje levo o mate na cama.

Conhece o Chico das Maçãs, na estrada da Serrinha? O João só falava em maçã: *Olhe que bonita. Já viu mais vermelha?* Muito depois fui descobrir. Era a Zezé, a célebre cadela da Serrinha. Da beira de estrada. Hoje o compadre Chico, você sabe, na cadeira de rodas. Ele contou para o meu genro: *Eu e o João de sócios com a Zezé. Não é que, ela, um gaúcho roubou?*

Bem cedinho saía no caminhão com os meninos. A primeira parada na subida. Seis da manhã, com aquele frio. Deixava os piás roendo maçã na cabina. Descia para se encontrar com a tal. Ficava um tempão. De volta, à noite, parava na descida. Não tinha pressa. Os meninos chegavam a dormir sentadinhos no banco.

E eu? Do tempo do fogão de lenha. Ali esquentando

a comida. Tira do forninho. Põe no forninho. Morta de sono. De pé quatro da manhã e levar o mate na cama. E nada do seu João chegar. Só agora fui descobrir. Entrava mansinho: *Olhe a maçã, que bonita. Trouxe para você. Lá da Serrinha.* Pobre de mim, comia, sem desconfiar.

O dente de ouro, sempre rindo, esfrega as mãos. Aquela doçura na frente dos outros. Tudo fingido. Em casa o maior bruto. Comigo, os filhos, nem bicho de estimação respeita. Quando eu levo o mate: *Com essa megera não foi que eu casei,* assim me agradece. Tateia a mesinha, põe o óculo: *Roncando na minha cama, quem é essa, a cara de meu sogro no corpo de minha sogra?*

Não aguento mais, eu saio de casa. *Pode ir,* ele responde. *Você perde os direitos.* Os cinco filhos casados. Já não tenho idade para desquite. Me contento em sumir. Dele me ver livre. Posso me sustentar, não tenho duas mãos? Trabalho desde os sete anos. Sei fazer toalhinha de crochê. Bordado. Costuro para fora.

O menor dinheirinho ele não dá, joga no chão. Até que trouxe uma fatia de linguiça. *Se você roubar,* ele disse, *te corto em pedacinho.* Ali mofando noite e dia. Tive de pegar quando limpei o armário. Daí levei uns empurrões e caí sentada.

A separação dentro de casa? Isso já faz anos. E

não continuo a mesma velha criada? *Você tem tudo,* ele disse. *Até caderno no armazém. Não te falta nada.* Ah, é? O canário na gaiola também tem tudo. Já viu, ali na gaiola sou eu.

Então eu disse: E aquela menina, João? *Que menina? Só mentira.* Olhe que vou falar com o sargento. Ele ainda se lembra.

Pajem? Para mim nunca mais. Era segunda, fui lavar roupa no rio. João encontrou a menina lidando na cozinha. Com o menorzinho no colo. Ele o pegou dos braços e deitou chorando no berço. Depois agarrou a coitada à força — fez o que bem queria. Ali na cama do casal. Sabe que nem tirou as botas?

Desde esse dia ganhei nojo. Sabe o que é ter nojo? E ainda levar toda manhã o bendito mate?

Nunca mais deixei chegar perto. *Não me incomodo,* ele disse. *Você é uma seca.* Ah, é? Se eu sou seca arrume uma gorda.

O que fez, o desgracido. Gorda, vesga, corcunda, sem dente, papuda. Basta usar saia. O sentimento eu guardo. Quando me lembro. Risonho no dentinho de ouro: *Olhe que bonita. É para você.* Botava a mão no bolso, exibia a maçã. Sabe o quê? Nem prestava de tão azeda.

Em Nome do Filho

— Dá para ver tudo o que ele fez.

Com o morto lá na sala, a viúva de mão no queixo, a filha que espanta a velha mosca.

— Está vendo esse caderninho aqui? Olhe o óculo. E a caneta. Vício da palavra cruzada. Sozinho, às seis da tarde. Daí levantou para ligar a tevê. E caiu de joelho. Sem um grito.

Na cozinha a criada ouviu a bulha. Chegou à porta, acendeu a luz, deparou o quadro. Correu chamar o tio André, que nem piscou:

— Está morto e bem morto.

Ao cair, quase virou a mesinha. As palavras resolvidas, menos uma: três quadrinhos em branco.

— Sou muito nervoso, ai de mim. Sabe o que disse para a viúva?

Em busca do milagre, a mulher com a filha na tenda divina de Madame Zora. Só foi avisada duas horas depois.

— Dona Maria, eu disse, meus parabéns.

— Não é nervoso. Isso é lapso.

— O susto quando me telefonaram. *Uma notícia muito triste.* Você imagina logo o pior. Respirei fundo e, se ele demorasse muito, quem morria era eu. *O pobre João se foi.*

Abriu lata de sardinha, a garrafa de vinho. Quando se descuidou, a Maria derramou-o na pia. Aos vizinhos chegavam as vozes da mulher, os gritos do filho. João falava mais baixo. Abriu a segunda garrafa, que ela derramou. Então abriu a terceira. Ela quis despejar, daí apanhou — e apanhou muito. Chorando se queixar ao tio André. Brabo, ele foi lá, deu com o João. Comendo pão e sardinha na mesa nua, a garrafa pela metade. Ao vê-lo, João encheu o copo, bebeu, bateu na mesa:

— Poxa, eu não tenho, poxa, o direito de beber, poxa?

Tio André ficou bem quieto.

— Batia na mulher e apanhava do filho.

— Tão violento que obrigado a internar no asilo.

— Já não podia deixar a Maria sozinha com o rapaz.

— ...

— Se deixasse, ele queria agarrar a Maria.

— Ele me conhece desde menino. Até hoje não sabe quem eu sou.

— Veja o que é mãe. Não perde a esperança. Acha que é mau-olhado, sei lá, feitiço.

— Naquele bicho vê o filho mais lindo.

A luz cortada, por dívida. O telefone desligado. Quase todo mês. João gastava com o filho o que não tinha.

— Nada pedia para ninguém.

— E, se pedisse ao André, ele negava.

— O pai não deixou nada. Deu tudo para todos. Menos para o pobre João.

— Com um soco o doidinho quebrou-lhe o óculo.

Grunhido em vez de palavra. Barba cerrada, parrudo, perna cambaia. O sapato rangia — por que do louco range o sapato?

— Vazou o olho da gata na agulha de tricô.

Com o lencinho a mãe enxugava-lhe a baba no queixo.

— Ela meio variada. Moça e de cabelo branco.

— Em nome do filho capaz de tudo.

Cada um que chegava o cuidado de evitar o morto.

— Não tive coragem de olhar.

Tomando cafezinho e contando anedota.

— Só vi as mãos do João. Primeira vez que não tremiam.

— Dá para ver tudo o que ele fez.

— Cafezinho me faz mal. Não tem conhaque?

— O João bebeu tudo.

— Está vendo esse caderninho aqui?

— Será que o idiota vem para o enterro?

— Bem capaz de sacudir o pai: *Acorda, velho. Chega de dormir.*

— E aquela porta? Vê a marca? Ele que arrebentou. Com um pontapé. De minha casa, que é longe, ouvia os berros.

— Esse rapaz que matou o João.

— Não foi só isso.

— A mocinha, quando viu o pai sobre a mesa, foi aquela gritaria.

— Dona Eufêmia não vem?

— Ela está de bengala. Oitenta anos, já pensou?

— Sabe o que ele me disse? Da última vez enxugamos três garrafas. *Sou um velho,* ele disse. *E velho não merece de viver.*

— Traga mais cafezinho.

Assim que a criada se afastou.

— Foi ela que o encontrou. Bem aqui.

— O louquinho jogou-lhe o vinho tinto na cara. No meio do almoço. Na frente das visitas.

— A Maria passeia com ele. Bem arrumadinho. Cabeça rapada e gravata de bolinha. Só atravessa a rua se lhe dá a mão. Largar depois não quer.

— Sozinha com ele não pode ficar. A irmã, então, só passa de longe. Trancada no quarto.

— Ainda não casou. Loirinha como é. O namorado conhece o idiota. Pensa que de família.

— O João obrigado a internar. Depois da última cena. Da visita ao hospício chorando pela rua.

— Bebendo muito. Fumava três carteiras por dia.

— Sofrido demais. Não havia remédio que fizesse dormir. Acordado às três da manhã. Acendia a luz para ler.

— Veja o óculo. Olhe, como ele deixou.

— Eu não vou chorar. Ele está no céu.

— Dá para ver tudo o que ele fez.

— Se houver céu, o anjo mais popular.

— Eu é que não choro.

— Só de anjo que era gordo.

A Travessia do Rubicão

No olho mágico a mulher surge radiosa do elevador, mais perto um borrão escuro — o leve toque na campainha.

Era ela: toda de vermelho, blusa colante, saia rodada. Loiro cabelo solto, pontas viradas do vento.

— Palmas para a última mulher de vestido.

Dentes lindos, um deles nadinha torto, ela o beijou: hálito fresquinho de goma — de que sabor? No olho azul o brilho do sol lá fora.

— Que há com você? Tão abatido.

Lívido, olheira funda, cabelo molhado do banho.

— Poxa, minha filha. Uns clientes. O maior dos porres.

— E tua mulher?

— Sempre a enxaqueca. Deixei na minha sogra.

— Já estive aqui. Você se atrasou.

— Ai, me desculpe. Da ressaca. Olhe.

Ao deitar a bebida, a garrafa retinia no copo.

— Só voltei porque era a primeira vez.

— E o André?

Beliscou na cintura a pequena dobra de gordurinha.

— Ontem queria a todo custo. Eu prometi, não foi? Não deixei. Só porque você pediu. Aleguei dor de cabeça. E me deixa esperando meia hora.

— Que eu espero...

Deitou na cadeira o paletó, sentiu a camisa úmida colada nas costas.

— ... não são dois anos?

No primeiro gole o engulho da maldita prova oral de latim.

— Qual é o disco?

— O nosso, querido.

Cruzava a perna fabulosa, pousou a bolsa de palha no tapete. Inclinada para trás a cabeça, aspirou fundo. Estremecia a narina ao soltar o fumo.

— Não diz nada? Nem que gostou?

Como ele exigiu, tingira de loiro o cabelo.

— Meu ipê florido às seis da tarde na Praça Tiradentes!

Frouxou a gravata de bolinha e o colarinho engomado pelas mãos santíssimas da mártir. Bateu-se na mesa — ai, doeu —, de joelho no tapete, afastou-lhe as pernas. Beijou-a de olho aberto, as mãos debaixo do vestido até o friso da calcinha.

— A que eu pedi?

— É nova. Comprei para você.

Desceu e subiu a ponta dos dedos na penugem que se eriçava.

— Me deixa arrepiada.

De pé, agora tropeçava nas palavras, fazendo uma pergunta e, antes que ela respondesse, uma outra. Aflito, ao passar pela porta, segunda volta na chave — se o André a seguiu? Para colocar o disco, descansou o cigarro na beira da estante.

Olho no olho, enfiou-lhe a língua por entre os dentes. Terceira vez, ela prendeu-a, segurou com força.

— Teu beijo com gosto de bala azedinha.

Que disfarça o travo da noitada selvagem. No meio do beijo furioso — ei, velhinho, que história é essa? —, intrigado se a mulher estaria melhor, se as meninas a salvo no colégio.

— Que bom você veio.

— Foi difícil. Ele é desconfiado. Mania de me seguir.

— Quer conhecer o apartamento?

Foi pegá-la pela mão e já estavam no quarto.

— Botar mais um disco.

Três de uma vez. Merda, o cigarro queimou o verniz da estante.

Serviu mais uma dose. Acendeu mais um cigarro. Foi até à janela, ameaçava chuva. Tomara que chova e acabe o mundo. Tirou a gravata e a camisa. Voltou ao quarto e correu a cortina.

No banheiro a escova crepitava em surdina. Impaciente, livrou-se da calça e do sapato. Abriu o baú ao lado da cama, enrolou a toalha verde na cintura.

Ela saía de toalha amarela presa no busto e sapatinho prateado. A roupa na mão, jogou-a sobre a penteadeira. Cresceu, agora do seu tamanho.

— Mais bonita assim. O cabelo solto.

Sentaram-se lado a lado. Com a força do beijo ela se deitou. A toalha abriu, o seio trêmulo espirrou, grande bico negro.

— Vou operar. Ele não quer. É assim que gosta. Uma amiga fez. Aí ele concordou.

— Não perde a sensibilidade?

— Que bobagem, meu amor.

A mão viageira sobre a calcinha — ali a cara do famoso ator. Abriu-lhe as pernas com o joelho. Da posição difícil, o braço torto, formiga na mão. Guloso chupava no seio o leite da carência afetiva. Beijou no rosto duas asas piscantes de borboleta. Depois o sovaco lisinho da tia Lili frestada no banho.

Deitada, sorria de olho azul.

Com um toque baixou a calcinha. Na confusão perdeu a toalha. Oh, não: a cabeça escondida no seu capuz.

Sugou o terceiro seio e desceu até o umbigo. Ela fechou as pernas. Ele ergueu a cabeça e a olhou.

— Que há? Eu quero tudo. Você é toda minha.

— Não. Eu não posso.

— Nunca fez? E ele? Não diga que...

— Sempre quis. Ainda mais bêbado. Nunca deixei.

— Nunca lhe beijou o corpo?

— Dele eu tenho horror. Mais me agrada, mais forte o nojo.

— Bem feito. Quero ser o primeiro.

À socapa tentava despertar o belo adormecido: fala, desgraçado. A cabeça surgiu, outra vez sumida. O suor escorria da testa, o corpo lustroso de... eunuco? Sim, o pobre eunuco rolou de costas, gemicante.

— Ai, estou podre. Deitei às seis da manhã.

Conchegou-se miserável no travesseiro fofinho de carne.

— Maldita ressaca.

— Isso acontece.

— Comigo nunca. Sei o que é.

— ...

— Uma fase difícil. Há que cruzar o Rubicão.

— O que é?

— Tem de acudir. Eu quero tudo. E você se nega. Que fim levou o maior tarado da cidade?

— Mas eu nunca fiz.

— Faça por mim.

Trinta segundos de silêncio: as primeiras gotas rufavam na vidraça. Ela firmou-se no cotovelo, olhou para ele, roçou a mão piedosa na testa.

— Me beije. Todinho. Tem de beijar.

Com as duas mãos guiou-lhe a cabeça até o biquinho do peito. Um beijo mais casto, dois e três. Assim beijasse o filho. E parou.

De novo agarrando a cabeça desceu-a até o umbigo.

— Agora me beije. Todinho.

Pidão, mas brabo. Ela obedeceu. Em vez de beijar, apanhou com dois dedos, botou na boca. E quedou-se, olho aberto.

De um salto sentou-se.

— Não é assim.

Empolgou duramente o seio mais perto.

— Assim que se faz.

Tão bem demonstrou que as bochechas se beijavam.

— Aprendeu?

Mais que depressa ela aprendeu. Ainda flácido, o primeiro sinal de vida. Ela agora usava três dedos.

— Quero ver. Ai, quero ver.

E viu mesmo o fero dragão vermelho tatalando a asa e cuspindo fogo na língua bífida.

— Agora te mostro, sua putinha.

Com o suor o estalido sonoro das duas barrigas.

— Boquinha de dez aninhos. Mais quentinha.

Ela não falou. Cabeleira desfeita, sacudia a cabeça dourada e sorria, a doce putinha sorria. Ele ajeitou o travesseiro sob a fermosa bundinha.

— De quem o maior? O meu ou o dele?

Ela, quieta.

— Não responde, é? Diga, sua cadela.

Ela, muda.

— Poxa, qual é o maior?

— É você.

Sem o olhar. Enclavinhou os dedos ao ponto de estalar. Braço caído para trás, só fez ai, sorriu agradecida.

— Falo muita bobagem, não é?

— Bem que gosto.

Ele acendeu cigarro. Ela correu para o banheiro, a risca branca na bundinha tremulosa.

Levantou para virar os discos. De volta, enrolada na toalha, sorrindo:

— Que é Rubicão?

Com grande brilho explicou.

— Tão bom falar com você. Não é ele. Com ele não tenho diálogo.

No mesmo fôlego:

— Me chamou putinha. É o que sou?

— Que nada. Isso é carinho.

Merda de gente provinciana.

— Boa pinta, o André.

Olho negro, cabelo cacheado, peito forte de remador.

— Agradar não sabe. Em viagem quer todo dia. Minto para não deixar. Choro de cólica fingida.

— Nunca dá para o pobre?

— Ainda pior bêbado. Fica louco. Só gosto com éter. Ele espirra no lenço. Penso que é você.

— Ele, sim, é um galã.

— Já pedi a separação. Mas não quer.

Chovia de leve na vidraça. Cada um amarrou a sua toalha. Ele serviu mais uma dose.

— Não quer mesmo?

— Agora não.

Desolado, abriu nesga de cortina.

— Ó Curitiba de meus amores!

Ela descansou-lhe a cabeça no ombro.

— Você gosta de sua mulher?

— Decerto.

— Soube que é muito distinta.

— Nem tanto. Estou meio perdido. Uma crise vivencial. Merda de Rubicão. E ele nunca desconfia?

— Só uma vez.

Muito cansado para indagar de quem, onde, quando.

— Preciso ir. Parou a chuva.

Vestiram-se em silêncio, um sem olhar o outro. Beijo frio na sala.

— Em Curitiba nunca para de chover.

No olho mágico afastou-se o negro vulto, floresceu em vermelho, sumiu no elevador.

Dá Uivos, ó Porta, Grita, ó Rio Belém

Lá vem a primeira mocinha arrepiada, braço cruzado no peito — de frio dói o pequeno mamilo? Ao descer a calçada os longos cabelos batem na nuca, rolam no ombro, cobrem a terra de raios fúlgidos.

Criadinhas circulam pra cá e pra lá com o pacote de leite e o cartucho de pão. Da cozinha o cheiro pungente de café e o estalido de ovo frito dos dois lados. O eterno susto ao parti-lo sobre a frigideira — e se na imaculada gema, ó Deus, brilha uma gota de sangue?

Carros furiosos já cruzam a esquina. Uma e outra velhinha, missal na mão, corre aflita — atropelada é que não vai para o céu.

Nos relinchantes corcéis de sonho galopam os pequenos alunos com gritos de guerra. Logo atrás as mães gorduchas com livros e lancheiras. Alguma se lembrou da maçã para a professora?

Eis uma freirinha de óculo, toda de preto, corneta branca e — oh, não — um jornal de título vermelho dobrado no braço: O VAMPIRO ATACA NO CONVENTO.

A garrafa no bolso da calça, um bêbado coça a tromba purpurina e proseia divertido com a nuvem de voz grossa.

Lá do Passeio Público, o brado retumbante do leão, esquecido pelo último circo. O peludo distrai-se e o velho rei foge da gaiola. De manhã a vizinha abre a porta. Quem está, encolhido e miserável, sobre o capacho da varanda? Olho lacrimoso, suplica: *Dona, me acuda. Me salve do domador. Que tanto me judia.* Ela pula a janela da cozinha, dá o alarme. Vem o peludo com uma cordinha, que amarra na juba desbotada e, sob a vaia dos piás, arrasta o pobre pela rua. Desdentado, apenas boceja: *Essa friagem de Curitiba... Só piora a minha bronquite.*

Surge a mocinha loira, cara lavada e vestido vermelho. Dentre todas a única de vestido — não é macieira coberta de botão e ressoante de abelha? Até as pedras batem palmas para a mocinha de vermelho.

Debaixo da janela os pardais pipiam aflitos: *Como*

é, velhinho, bebeu ontem que dormiu demais? Cadê as migalhas de pão quente?

Uma enfermeira de terninho branco atravessa a rua seguida pelo carrinho prateado — glória ao matador que cedo madruga.

Boneco rabiscado no bafo do vidro, a idiota reina sozinha no quarto. Revira pelo avesso, come o que encontra — do que mais gosta é sabão de coco. Sossega um nadinha, a mãe enfeita a Eponina, posta à janela, penteada e fita azul no cabelo.

Aos trancos arrastam-se a carroça e o cavalinho só osso. No sinal vermelho, o menino de pé estrala o chicote, sacode a rédea, assobia os dois dedos na língua — não é tarde para tirar o pai da forca?

O velhinho muito digno abaixa-se de repente, apanha... um toco de cigarro? Não, uma bolacha meio derretida, que enfia na boca e chupa, gostoso.

Lá vem o guapeca imundo, que um dia foi branco, trotando de lado e pulando de frio em três patas, encolhida ora uma ora outra.

O tipo de olho esbugalhado e touca verde esfrega-se (nu, nuzinho debaixo do poncho de lã xadrez), uivando e espumando para a menina que foge aos gritos.

Uma decrépita casa de janela fechada. O filho único da viúva brigou com a noiva na procissão da Sexta-Feira. Mais tarde, diante da porta chama o nome da traidora. Quando ela afasta a cortina de bolinha — ai, que desgraça —, João dá um tiro no peito. Muitos dias a cidade desfilou para ver o sangue na calçada. Em vão a moça lava e esfrega com água e sabão — até hoje ali a mancha.

Os dois velhinhos — ela, negro buço, voz rouca, perna arqueada, ele, carão sanguinoso, queixinho trêmulo, arrastando o pé — começam outra vez a discussão do primeiro dia. *Bem que era feliz com meus pais*, diz ela. *Sua corruíra nanica*, diz ele. *E não me responda.*

Dois senhores faceiros de boina azul. O mais moço, antes de enfrentar a rua, enfia a mão trêmula no braço do outro. Corridinha ridícula para escaparem dos carros. De prêmio, na volta, o filho carrega o cartucho de pão. Olhinho perdido, risca de sangue no queixo e, inchando a bochecha, uma bala azedinha.

Aberto desde já o famoso Caneco de Sangue — ou nem mesmo fecha? Do grande carro branco desce o rico senhor. De pé no balcão oferece um conhaque ao jovem desconhecido. Para os dois não é manhã porém fim de noite. *Que moço bonito. Você me agrada. Como se chama?* Rosicler para você. *Sua bicha louca. Meu filho fosse bicha que eu...* O mocinho delicado ergue a bolsa. *Ah, é? Bicha eu sou.* Com o revólver na mão. *Não sei se sou louca.* Dá uivos, ó porta, grita, ó rio Belém. *Sei que você está morto.*

Último fantasma da névoa ali na sombra tiritante da árvore. O sol rebrilha nos mil olhos do novo edifício. Em cada janela, atrás da cortina, tossindo e se coçando, um velhinho sujo atira beijo para a sua criadinha.

Cabeça baixa, o sargento passeia a sua tristeza. A filha escondeu do noivo que sofre de ataque, ama-o demais para perdê-lo. Na lua de mel tem três acessos: uiva, baba, morde a língua. Repudiada, ingere vidro inteiro de bolinhas e ateia fogo às vestes. Tão bonita no caixão. Quanta gente no enterro. O noivo arrependido: *Por que ela não me disse?*

Rebola o anãozinho de grande boné, todo pimpão de amarelo à porta do restaurante, soprando fumaça azul e correndinho para abrir a porta dos carros.

Atrás da cortina, vigiando a rua, o contista se repete: Pobre Maria, pobre João que, em toda casa de Curitiba, se crucificam aos beijos na mesma cruz.

Lá vem ela... lá vem ela... As folhas cochicham e desprendem-se do galho para forrar o seu caminho. Vaidosa, espia a imagem no vidro dos carros parados. Em cada sinaleiro à sua passagem acende-se o arco-íris. Eis a prova de que, se Capitu não traiu Bentinho, Machado de Assis chamou-se José de Alencar.

Ela gostava de boneca? Não, ela gosta de boneca. Dorme com o radinho debaixo do travesseiro. Ao lado da cama o seu crochê e a velha Bíblia. No tapete o chinelo arrumadinho, nunca virado. Um copo d'água vigia o seu sono. Ao acordar, dela a metade. E a outra, suas violetas que bebem. Mansa corruíra, com elas conversa. Ah, não — é o maldito despertador? Lá se foi asinha.

No portão a criadinha discute com o guarda-noturno. Bota no chão o pacote de leite e o cartucho de pão. Estala um tapa no rosto: *Você não é homem.* João saca do punhal, golpeia no pescoço. Quando o enfia na barriga, Maria geme: *Estou ferida. Só não me mate.* Já morta, ele dá terceira punhalada no peito e sai correndo, a mão vermelha no ar.

Bom-dia, Curitiba — ó vaca mugidora que pasta os lírios do campo e semeia fumegantes bolos verdes de sonho.

Os Dentes do Cavalinho

— Uns dez anos. Domingo de Páscoa. Triste domingo foi aquele. Ele se entrincheirou no potreiro. Com a espingardinha pica-pau. Aos pulos e gritos: *Que venha o alemão. Estou aqui. A guerra voltou.*

— Por que seria?

— Todos prontos para a missa. E nada de aparecer. Aflitos, eu e os filhos à procura. Lá estava agachado no monte de sabugo: *Você me deixou sozinho.* Venha para casa, João. *Cuidado. É o alemão.*

— Assim que começou?

— Sem aviso ele some. Muita busca e quem coberto de alfafa? Só a cabeça de fora. Desde longe, a falação e gritaria. Cansado, enfim esmorece. Dorme à sombra da aroeira. Acorda com um brado: *Hoje é o dia. Eu mato um filho da...* (e a mãozinha trêmula tapou a boca).

— De noite ele se acalma?

— Ih, de noite não prego olho. Se ele dorme é

se batendo. Entre gemidos e maldições. Cada soco, veja — toda manchada. Até a filha disse: *Mãe, como a senhora aguenta? Ainda tem coragem?*

— Na mesma cama?!

— Com o outro braço esmurra a parede. Que remédio, minha filha? Fico bem encolhida no canto.

— Algum sonho ruim?

— Sempre o mesmo: ele e dois mortos. Costurados no saco e jogados na vala. Só que ele está vivo. Quer gritar, não pode, rangendo a plaquinha nos dentes. Os primeiros torrões molhados no rosto... Geme dormindo: *Me salve. Ó não. Por favor.*

— E quando não dorme?

— Levanta e corre em volta do pátio. *Cadela. Filho de uma...* Eu perguntei: Não quer um chazinho, João? *Enfie o chazinho... É a guerra. Aqui não passa.* Anda sem destino e chega de manhãzinha.

— E os filhos? São cinco, não é?

— O que não casou saiu de casa. A única filha noivou, a pobre. Só de medo do pai. Ela criou corpo, bem atentado: *Você não me engana. Só quer macho.* Rasgou a calcinha e atirou pela janela. Com a tesoura picou inteirinho o vestido novo.

— ...

— Ela fugiu para o vizinho. João foi rondar a casa. Abriu a porta, espingardinha na mão: *Onde está a menina?* Aqui ela não chegou. *Essa diaba eu arrebento.*

— Ah, se fosse eu ...

— Um dia só chamando a menina de *p...* Não me aguentei: P... ela não é. Daí pegou um pedaço de pau. Ainda gritei: Corra, Juju. Ele saiu em perseguição. Estava de tamanco. Estendeu-se no bolo verde de estrume. E a menina, bobinha, o que fez?

— Não me diga que...

— Voltou para acudir o pai.

— ...

— E ganhou a maior surra. Daí internei no colégio das freiras: Melhor você casar, minha filha. Assim ele sossega.

— Que horror.

— Casou de menor. Moreninho bem escuro. De fina educação. Quando o João soube: *Esse negro, a filha, me roubou.* Botei no café o comprimido verde dos grandes. Abobado, repetia: *Esse nego bê da m...*

— Dos cinco a mais querida.

— Sozinho no quarto, uma bulha de luta. *Venha*

para a cama, ó mulher. Não tive coragem. Fiz fogo. Toda a noite sentada no caixão de lenha. Tomando café. Escutei a primeira corruíra na laranjeira. De manhã não queira saber.

— ...

— Vingou-se na plantação. Cortou o pé de glicínia azul. Quebrou o galho do pessegueiro. Malhou a trepadeira de maracujá. Verteu água no canteiro de açucena.

— Depois ele aceitou?

— Até hoje a filha só visito escondida.

— E na cama, que Deus me perdoe, ele a procura?

— Não. Desde que começou.

— Ainda bem. Eu teria nojo.

— Não me queixo. Se o tivesse visto. Como ele era. Alto, loiro, bonitão.

— Hoje dá pena.

— Quando bom, ninguém mais trabalhador. Três dias carpindo sem parar. Furioso e berrando palavrão. Ele, eu, um camarada, rentes na enxada. Antes eu avisei: Mecê não fale comigo. Ele pode desconfiar.

— Do dinheiro o que ele faz?

— Se eu peço, só resmunga: *Gastei com as p...*

Reina e faz muito estropício. Já não cumprimenta os conhecidos.

— Pelos vizinhos chamado de louco.

— No meio do trabalho esquece quem é. Sai de dentro dele. Quando acorda está perdido. Bem longe de casa.

— Não tem medo de...

— Uma única vez me bateu. Que assinasse um papel. Vá saber o que era. Nem uma palavra. Só cruzes e bolinhas.

— Ainda tem coragem de rir?

— Muito sofre e se queixa, o pobre. Cabeça inchada, soluço, tremedeira. Até sangue tossiu. Ansiado na janela sempre aberta.

— Por que não o interna? Com tratamento, quem sabe?

— Não quer voltar ao asilo. Pavor de choque. Já disse: *Ao médico nem morto não vou.* Grita e judia da criação. Depois se desespera. Se não acudo, dele o que será? Os filhos não têm paciência. Um deles desafiou: *Sai para o terreiro, pai. Aqui tem alemão.*

— Ainda é moça e bonita. Uma pena que...

— Ele ralha com o trovão. Se você pisa numa formiguinha ele ouve o grito. Proseia com o vento. Sabe contar as gotas da chuva.

— E como foi que...

— Há uns dez anos. Começa sempre no almoço. Bem quieto. Olho parado. Cabeça baixa. Não fala com ninguém. Não come. De repente levanta e sai berrando aqueles nomes.

— Fica violento?

— E como. Mas não contra mim. Tem medo dos filhos. O mais velho preveniu: *Se o pai bater na mãe, eu amarro o pai.*

— Bem feito.

— Pragueja e remexe no guarda-roupa. De baixo da cama. Atrás da porta. *Onde está a espingarda?* Agora eu escondo. Lá no forro do paiol.

— E se ele acha?

— Já não tem cartucho.

— Eu é que não...

— Então vai para o quintal. E a criação é quem paga.

— O que ele faz?

— Galinha, ele cerca — ó *filha de uma cadela!* Faz assim. Pega pelo pescoço, rodeia no ar, atira longe.

— Barbaridade.

— Elas ainda saem pulando, sem saber que estão mortas.

— Tadinhas.

— Machuca a vaca de leite. Acendo o fogo para o café. Ele pega o balde e vai para a estrebaria. No banquinho espreme a teta com força. *Quieta, ó peste.* Dá pontapé. Chama de *você* a infeliz. Lá da cozinha escuto: *Você, sua p...* Tão mansa, ela deixa.

— Que judiação.

— Mais triste foi o cavalinho. Que é de estimação. Lá no potreiro. Correndo atrás. Como um desgraçado: *Pare aí, seu...* Quer que se atole no banhado. Estrala o chicote. Para fugir o pobre se rasga no arame farpado.

— Assim é demais.

— Até que, cansado, o cavalinho se entrega. Suspira fundo. Olho branco só espuma. Todo sacudido de arrepio. No chão a sombra molhada de suor.

— E você não...

— Daí o João se chega. Sabe aquele balancim da carroça? Ele agarra o coitado pelo queixo. Dá com o ferro na cara.

— Mãezinha do céu.

— Quebrou todos os dentes do cavalinho.

— ...

— Esguichando sangue da venta e da gengiva.

— E você não chama o sargento?

— Ele é quem mais sofre. Chora de arrependido. Sabe o que falou?

— Nem quero ouvir.

— *Como pedir perdão, Maria? Me diga.*

— Só pena de você.

— *A uma vaquinha de leite?* E soluçando, a mão no rosto: *Depois de morto?*

Brincadeirinha

— É você a moça?

— Eu mesma.

Morena vulgar, tampinha, bunda baixa que é uma tristeza. Dente ruim, amarelo, canino torto.

— Entre.

Mais base na cara do que. Barbaridade. Se eu soubesse.

— Melhor fechar a porta.

Ela senta-se. Que vai ser de mim, ó Senhor? Feio eu não faço. Envolve-a nos braços. O casto beijinho na bochecha.

— Cuidado a camisa.

Do beijo não gostou. Ela já suspira e geme — por nada.

— Estou com frio.

Todinho vestido, gravata e colete, a mãozinha gelada.

— Eu não.

— Tire a roupa.

De pé, baixa a calça. Mau gosto da calcinha: azul com pintinha amarela. Ergue a blusa, sem sutiã.

Sentado, ele assiste, na maior desolação.

— Sou gordinha, não é?

Dá um tapa na bunda fofa.

— É mesmo.

O peitinho de bico grande — bem o que não gosto.

— Sabe...

— Decerto.

— Tire a calcinha.

Desabotoa três botões.

— Endureça. Arregace. Enfie.

Ela fica de joelho.

— Nossa, que engraçado.

— Sabe se...

— Como assim?

— Você. Com o... Este aqui.

— A unha...

Maldita unha comprida.

— ... estorva.

— Agora se ajoelhe.

— ...

— Fique de pé.

— ...

— Sentada.

— ...

— Quero ver. Abra o olho.

Tão confusa o olho direito meio vesgo.

— Só faço isto com o doutor.

— Você nunca... Em menina?

— Credo. Só brincadeirinha.

— Continue assim. Deixe ver.

Atrapalhada com a medalha, joga-a para as costas. Ao ajudá-la, dá de cara com a velha Santa Teresinha.

— Ai. O doutor me encabula.

— Não quer...

— Tenho vergonha.

— Que tanto dente. Encolha o dente. É bom, safadinha?

— Nem queira saber.

— Que barulhinho é esse?

— ...

— Você gosta, anjo? Diga que gosta.

Sem palavra, acena a cabeça.

— Espere. Só um pouco.

Sorrindo mostra a bolinha — o tempo todo de goma na boca. Gruda-a na perna da cadeira.

— Como é? Gosta ou não?

Só com o nariz:

— Ahn, ahn.

— Quando foi a primeira vez?

Pergunta longa exige resposta mais longa. Tirou da boca:

— Com meu noivo.

— Que idade você tinha, amor?

— Ahn, ahn.

De repente pelo canto do lábio:

— Tem visto o bom Deus por aí?

— Quem?!

— O Dondeo.

— Puxa, que me assustou. Dê uma volta.

Ela dá. Presto fecha o olho — ai, que horror. Ela ergue a perninha. Sem querer, observa o pé chato, unha vermelha, a do dedinho descascada.

— É agora. Lá vou eu.

Com o rosto no pescoço defende-se do beijo.

— Me dá um cigarro.

— Você gosta? Ou por que precisa?

Sem responder, de novo bem vesga.

— Com tosse. Se você soubesse. Muito doente.

— Que doente nada.

— Um nervoso. Ih... Mamãe bem desconfia. É uma operação. Todo o dinheiro eu juntei. Só que ainda falta.

— Que operação?

Baixa a cabeça, o cabelo esconde o olhinho.

— Diga. Do útero? Da trompa?

— Credo, doutor. Nem pense nisso.

Enquanto a espera, mexe na bolsinha de palha: notas de farmácia (xarope de agrião?), batom, mísero trocadinho. Oh, não: uma trovinha de amor na letra infantil.

Nem sequer despenteado, pega a carteira, separa duas notas.

— Dá mais uma, gostosão?

O impulso de tirar uma, isso sim.

— Cigarrinho não tem?

Até o cigarro ele nega. Ligeiro abre a porta.

— Reze por mim, João.

Frufru, Rataplã, Dolores

— Primeiro a Frufru. Só queria mamadeira e folha de couve. Com ela passeava na rua. Nove anos vivemos uma para a outra. O aniversário a 7 de setembro. Ganhava fitinha vermelha no pescoço. Uma fatia do bolo de chocolate.

Nas férias deixou-a com a vizinha. Sendo virgem, proibiu namorado. De volta, correu para o quintal. A vizinha ria-se; divertida:

— Frufru é coelho.

Rodeado de coelhinhos, todos filhos. Morreu de velho, a menina ficou tristíssima, vestiu luto.

— Olhe a feiticeira — resmungava a mãe.

Depois o grande Pierrô. Vê-lo — de verde gaio vestido — foi amá-lo. Chamado pelo título — General Pierrô! — erguia a cabecinha, que lhe coçasse o papo amarelo, inchado de gozo. Aos pulos atrás dela pela casa.

No tapete novo largava tirinha bem preta. Ela o

ensinou a não sujar fora da caixa de sapato, onde se recolhia às nove em ponto.

Engordava para ele tantas moscas por dia. E arrancava as asinhas para não fugirem. Guloso, queria no mínimo dez. Naquele inverno a caça desesperada por mosca. O general definhava, pálido. Levou-o para o banhado, ela também mosquinha de asa arrancada:

— Tiau, meu pobre Pierrô.

Fugiu sem olhar para trás. De noite, chorando, ouvia os saltos em volta da cama.

Então o guapeca Til, branco, mancha preta no olho, pitoco.

E o bagre bigodudo — um velho sujo — com nome e apelido secreto. Esse vivia solto na banheira. Ao tomar banho, ela enchia de água uma garrafa, estralava dois dedos. Ele atendia ligeirinho. Sem piscar, colava a boca no vidro. A moça tinha de cobrir o pequeno seio.

Já a mãe não conseguia ser obedecida. Discutia com ele, gritava para a moça. Que o chamava docemente pelo apelido. Pronto se enfiava na garrafa.

Rataplã era o gato siamês. Olho todo azul. Magro de tão libidinoso. Pior que um piá de mão no bolso. Vivia no colo, se esfregando, ronronando.

— Você não acredita. Se eu ralhava com ele saíam lágrimas azuis daquele olho.

Adivinhando a hora de sua volta da escola, trepava na cadeira e saltava na janela. Ali à espera, batendo o rabinho na vidraça.

Doente incurável. O veterinário disse que teria de ser sacrificado. A moça deitou-o no colo. Ela mesma enfiou a agulha na patinha. E ficaram se olhando até que suspirou e morreu nos seus braços.

Nem quando o pai se finou ela sentiu tanto. Agora só ela e a mãe. Sem namorado, brincava com a bruxinha de pano.

— De sapeca o que de boba.

Conheceu o João na faculdade. Primeiro dia que falaram, ele avisou:

— Menina, você é minha noiva.

Oito meses de namoro. A mãe fazia tricô na sala. Para casar, ele desistiu do estudo, vendia livro a prestação. Primeira noite a famosa camisola branca. No banheiro ela se enfeitou, vestiu a camisola de laços e fitinhas. Ele no pijama azul de bolinha, lendo jornal e fumando.

Não foi muito bom. Perdido em contemplação, rolava e gemia:

— Ai, Maria. Minha Mariinha. Queridinha. Tão bonitinha.

Meio enjoada com tanto carinho. Cinco noites para deixar de ser virgem. Sempre no escuro, só descobriu muito depois. João a manipulava e afinal se aliviava no lenço de iniciais por ela bordadas. Para ter os dois filhos só Deus sabe a luta.

— A posse não é nada — ele suspirava lá do fundo.

Bastava-lhe adorá-la, ora Santa Teresinha, ora a rainha do Caneco de Sangue.

Uma tarde, grávida do segundo filho, prontos para ir à feira. Bateu na porta um negro com cesto de laranja. João disposto a regatear.

— Você na frente, querida. Eu já vou.

Mas não foi. De volta, ela achou tudo em ordem. Não era demais a ordem? Mesa arrumada. Cama cuidadosamente estendida. Fruteira transbordava de laranja, nem era doce. Na casa imaculada João só esqueceu da catinga do negro, medonha no quarto.

Mais soluçante de amor, menos a procurava. Obrigada a tomar a iniciativa.

Daí a visita da amiga com o filho de treze anos. João na maior aflição:

— Quer ver os gatinhos?

Eram os filhos do Rataplã. Pegou o menino pela mão, foram para o quintal. Quinze minutos, o menino de volta. Estava lívido e trêmulo. Mais que isso: transfigurado. Não saiu de perto da mãe. De noite acordou aos gritos. A mãe perguntou o que era.

— Aquele homem esquisito.

Três dias mortalmente pálido, nunca mais o mesmo menino.

— Vamos passear, João?

— Ai, que preguiça. Vá você, meu amor. Com o André.

A moça decidiu que era o fim:

— João, por que você é dois?

Cinco anos casados, ela exigiu a separação. Conselho do padrinho — o famoso doutor André —, foi amigável o desquite. Dela a guarda dos filhos.

Visitada todo dia pelo padrinho, perfumado, barba branca, na flor dos sessenta anos. Afastado havia quinze anos da mulher. Muito sofrido, morando em hotel.

Sem aviso abria-se a porta, era o João. Pretexto de ver os meninos, corria baboso atrás dela:

— Mariinha. Minha dondoquinha.

— Ai, que enjoo.

O primeiro e segundo beijo roubado pelo padrinho. Uma noite ele não voltou ao hotel. Mordiscando o seio direito:

— Aqui o pão.

Depois o esquerdo:

— Aqui o vinho.

Se eram iguais, por que sabiam diferente?

— Agora molho o pão no vinho.

De manhã ele disse:

— São três casas. A de minha mulher, o hotel, mais esta. Três despesas. Por que não fico aqui?

— Está bem. Meu marido eu o aceito. Diante de meus filhos. Só tem uma coisa.

— Que é, amor?

— Dou um ano para se desquitar. Nem mais um dia.

Cobriu-a de joias o doutor André. Comprou-lhe o apartamento. Móveis novos, tapetes e cortinas. Bem-comportado na cama, ótimo garfo. Queria viradinho, torresmo, ovo frito dos dois lados.

Brigava muito com os meninos. Ele preferia o

noticiário. Os piás, desenho animado. A moça comprou tevê pequena para as crianças. Só para ele a grande colorida.

O distinto exigiu servisse primeiro os meninos. Depois, à luz de vela, os dois pombinhos. Regalava-se com beijinho de língua e broinha de fubá mimoso.

— Vamos passear, André?

— Ai, que preguiça. Vá você, meu amor. Com o João.

De visita não queria saber.

— Casada segunda vez — ela telefonou aos amigos. — Seria bom você não aparecer.

Mais que ciumento, ranheta. Das suas pinturas ingênuas:

— Não vejo nada nesses bichos.

Mal perseguia frase melódica ao piano:

— Isso que acha bonito?

Gostava mesmo de couve-manteiga no viradinho.

— Veja só. Não é fantástica?

— Uma simples orquídea.

— Igual não existe.

— Por que você gosta? Só floresce uma vez por ano.

— Ela não sabe — e ainda mais bela.

De um dia para outro choramingava na maior abjeção. Já não a procurava. Desinteresse por tudo, nem abria o jornal. Barba despenteada, cochilava na poltrona diante da tevê. A moça cortava-lhe as unhas, arrastava quase à força para o chuveiro.

Chamado o médico, que o examinou:

— Não tem nada. Só os dentes podres. Caso de anestesia geral.

No hospital arrancados todos os dentes superiores. No lugar a fosfórea dentadura. Embaixo pivô, coroa de ouro, ponte. Ela dava-lhe a papinha na boca.

Com os novos dentes você melhorou? Nem ele. Ocioso, apático, saía para visitar a velha mãezinha. De novo cabeceando diante da tevê ao pé da cama.

Ela recordou o prazo fatal:

— Resolve o desquite ou vai embora.

Uma semana mais tarde:

— Hoje faz um ano.

Ele mal piscou da novela os olhos vermelhos.

— Por favor. Só mais dois dias.

Caridosa, despediu-se última vez na cama. Terceiro dia arrumou as malas do velho. Chamou um táxi. Mandou-o de volta para o hotel.

— Este o Branquinho. Gorducho de listas o Arlequim.

No aquário os sete peixinhos têm nome.

— Dizendo ninguém acredita. Eles me conhecem. Olhe só.

Mergulha na água o dedo que um por um mordiscam debaixo da unha branca.

— Está vendo a tartaruga ali na varanda?

Ao ouvir o seu chinelo ergue a cabeça nua da casca. Já atende por Dolores.

Eram Quatro Cachorrinhos

No almoço é que começa. Bem quieto. Cabeça baixa. Olho perdido. João, eu digo, você com essa dor de cabeça. Por que não volta para o asilo? *Sei o que você quer,* ele responde. *Depois não me deixa sair. O médico que vá...* (a mãozinha sufoca o palavrão).

Definhando, a cara chupada, sempre tossindo. Se queixa que tudo faz mal. Sabe do que gosta? Conhece broa de polaco? Toma café com broa. Passa bastante banha e açúcar por cima. Só de teimoso.

Não dorme se batendo a noite inteira. A cachorra com quatro filhotes. Dois brancos e dois pretos. Arrumei uns trapos na varanda. O que faz o João? Levanta, abre a porta, chuta os pobrezinhos. Três já morreram.

Agora eu tenho medo. Pedi ao caçula voltasse para casa. Triste foi no domingo. De véspera o João matou um cabrito. A filha veio passar o dia. O João em trapos, eu quis amansar. Meu velho, por que não muda a roupa? Cheirando a sangue e fumaça. *De quem é o cheiro?* É teu. *Dele que as p... gostam.* No canto da mesa, entretido, acabou beliscando.

De noite eu disse para o rapaz: O pai fez bonito hoje. Falou que você era filho só meu. Daí o rapaz: *Ficando sem-vergonha, velho?*

Banho não quer. Ronda o fogão, encolhido, tremendo de febre. Vá se lavar, João. Só responde: *P... q... p...* Assim não te aceito na cama. *Durmo no paiol. E você com teu macho.*

A navalha eu escondi. O rapaz se chega: *Pai, vamos fazer a barba.* Quando nervoso não adianta. Cortar o cabelo mais difícil. João, está que é um bicho. *E você, sua cadela?*

Em desespero quase o deixei. O filho me disse: *Não, mãe. A senhora fica na estrada.* Por força eu queria arrumar a trouxa. Não é que coça a orelha com o dedo torto e sorrindo me olha? Daí fico com pena. Ele geme na cama. Segura a nuca, dói a cabeça. Não só a doença. Também para me afligir. *Se for para o asilo não volto mais.* Vou junto, João. E cuido de você.

O que tem de papel que eu rasguei — o medonho palavrão mil vezes. Passeia de bota nas mudinhas de alface. Derrama a água da tigelinha nas gaiolas.

Cuidado, João, o sargento eu aviso. *Se ele vem eu me afogo no poço.*

Por que não come, João? Ressabiada, do outro lado da mesa. Prove um pouquinho. Nem responde. Me escondo no pomar. Esperando a volta do rapaz. *Vamos para casa, mãe.* Chegamos falando alto no escuro. *Pai,* o *senhor está aí?*

O cavalinho ele deixou em paz. Pudera, debulhou até o último dente. Agora persegue a vaquinha. Já não alcança, mancando e berrando. Errou o pontapé, voou o tamanco, rebentou o dedão.

Não estando nervoso é bom homem. Foi muito carinhoso. Por isso que eu penso. Quando me dá vontade de ir embora. A filha disse: *Não sei como a senhora aguenta.* É a sina, minha filha.

Dona Biela paga o leite com cheque. Este mês quis ver o jeito dele. João, vá até a vila, receba o dinheiro, conte duas vezes. Ele foi e trouxe direitinho: *O gerente virou a cara para mim.* Já vê que é de confiança.

Outra noite não veio jantar. Espiei na horta. Fui ao potreiro. Me lembro do paiol. Peguei uma vela, quem estava no monte de sabugo? A cabeça escondida no paletó. Encolhido, de bota, sorrindo. Deixei o pobre sossegado. Meia-noite uma bulha no quarto. Fingi que não sabia. João, não veio jantar? *Cala a boca, sua...*

Não vê que entra no mangueirão. Aos gritos vinga-se nos porquinhos. Corre atrás com um cacete. Se chegou meio desconfiado: *Sabe a porca prenha?* Credo, que tem? *Ela morreu.* Tanto que apanhou. Resolvi enterrar por causa dos corvos. Sabe quem ajudou? Fez a cova bem arrependido.

O filho sai de caminhão. Às vezes oito dias fora. Resolveu levar o pai numa das viagens. (Riu, a mão trêmula na boca.) Dois dias e estavam de volta. *Mãe, como a senhora pode?* Para você ver, meu filho. Ele não era assim.

Atentado pula da cama, reinando. Já sei, faço o prato. Três vezes chamo da porta. Se ele não vem, guardo no forninho.

Uma e outra mancha roxa pelo corpo. A comadre Joana disse que é dos nervos. Mostrei para ele: Olhe, João, esta mancha na coxa... *Barbaridade. Quem fez isso?* Foi você, João. Tanto me judia. *E eu não sei? Do teu garanhão?*

João É uma Lésbica

— Do Pretinho um fungo na cauda. Com a tesoura, tlic. Cortei a pontinha. Pingo de iodo, já saltou na água. A manchinha branca sumiu. Veja, está bom, no maior gosto.

O aquário atacado por bactéria assassina. Os queridos peixinhos girando de costas e cabeça para baixo. Em desespero, descabelada, ela roía a unha. Só o Pretinho escapou.

— Sabe que peixe se suicida?

Alucinado de ciúme, ao vê-la entretida com a Dolores, pulou fora do aquário. Ela ouviu o baque e correu. Achou-o no tapete e, mal o apertou no coração, o último suspiro. Conserva-o na caixinha redonda, forrada de pétalas de rosa, ali sobre o piano.

Para consolar, Dolores mordia-lhe docemente o dedinho. Toda manhã o banho de sol na varanda. E mergulhava na bacia à espera da folhinha de alface.

— Uma coruja? Tão triste.

— Para mim é linda. Já viu olho igual?

Amarelo e azul. Do campo, essa prefere inseto. Na caça de mosca sou campeã.

— Não prende na gaiola?

— Credo. Solta pela casa. E tem gente capaz de atirar. Dolorosa, não se mexe. Grande olho adorando o seu matador.

De repente, os filhos dormindo, tocava o telefone.

— Alô.

— ...

Era o velho taradinho.

— Alô?

Não como os outros: sem palavrão, gemido, simples suspiro. Só ouvia, nem um pio. Decerto com a mão no bocal.

— É o Mudinho? Foi bom ligar. Estava na fossa. Quais as novas, meu bem?

E disparava a falar. Ou senão:

— Benzinho, agora não posso. Tenho visita. Me desculpe. Tiau.

Vez em quando perdia a paciência:

— Seu taradinho de merda. Teve meningite em criança? Nada mais que fazer? Por que não liga para tua mãe?

Chorrilho de nome feio e batia o fone. Três da manhã, assustadíssima:

— A essa hora, Mudinho? Está bem. Espere um pouco. Faço um café. Volto já. Alô, Mudinho? Está aí? A noite é criança. Sou toda tua.

Excitada pelo café e pelo cigarro, falou demais. João com o menino. Pobre doutor André. O suicídio passional do Pretinho. Após quarenta minutos de monólogo:

— Já disse tudo de mim. Agora a tua vez. Fale, Mudinho.

— ...

— O que você quer. Não sou bonita? Me ver nua?

— ...

— Diga quem é você. Responda, Mudinho.

A mão tremeu no bocal? Um soluço em surdina? Única vez que ele desligou primeiro.

No aniversário o enorme ramo de rosas brancas. No cartão a tremida letra de velho: *Cada pétala é uma lágrima de saudade do meu eterno amor — André.*

— Sabe, Mudinho? Morro de pena dele. No medonho Lux Hotel. De manhã o mate com a velhinha. À tarde cabeceia diante da tevê. De noite ele bebe.

Sabe o quê? Conhaque puro. É o fim. Borracho, ele me telefona.

O grito de angústia acende a luz do quarto:

— Mariinha, posso voltar?

— Não pode. Tudo acabado entre nós.

— Então mando o cheque pelo mensageiro.

Noite seguinte:

— Ai, Mariinha. Tão deprimido. Quero morrer.

— Por que, meu bem?

— A Lili casou, você sabe. Não fui porque ela não te convidou.

— Está louco, André. Se eu estivesse com você, não havia motivo. Ainda mais separados.

— Era a filha preferida. Sem ela e sem você. Não tem pena? Muito doente. Com os dias contados.

— Não pode viver nesse quarto de hotel. Por que não faz uma viagem?

Dias depois:

— Posso ir aí?

— Você está bêbado. Sinto muito. Não pode. Se vier começa tudo de novo.

Na própria sexta-feira da Paixão:

— Maria, tenho uma proposta. Te dou um carrinho vermelho. Aprendi uma porção de posições novas.

— André, chega de conhaque. Olhe a pressão.

— Se não quiser, eu corto a mesada.

— Por mim de fome não morro.

— Passe bem, sua cadela — e bateu o fone.

Domingo, duas da manhã:

— Posso ir? Agora? Por favor, Mariinha.

— Aposto não fica em pé. De tão borracho.

— Quem está com você, sua puta? É o João?

— Quem pode ser? Ninguém.

— Então já sei. É o Mudinho. Há, há, há.

— Seja bonzinho. Vá dormir.

— ...

Uma hora depois, língua mais enrolada.

— Maria, eu amo você. Não posso viver longe.

— Você não me ama. Está bêbado. Confunde amor com orgulho. Muito ferido. É um leão que lambe as feridas.

— Ah, leão, é? Quer saber? O que eu sou?

— ...

— Uma vaca velha atolada no brejo. Perdida, já não se mexe. Sem força de mugir.

— ...

— Não é que uma brisa mais doce alivia o mormaço, espanta a varejeira, promete chuva?

— ...

— A brisa é você, Maria.

Aceitou encontrá-lo a uma da tarde no salão do Lux Hotel. Barba amarela, óculo embaçado, mãozinha fria — um caco de velho.

— Tanto me olha. Que tem a minha blusa?

— Ai, pombinha de cinco asas. É a minha perdição.

— Por favor, André.

— Quero voltar. Não sinto atração por outra mulher. Só você.

— Tanta moça de programa.

— Com elas eu não posso. Já tentei.

— Só conheci dois homens: você e o João. Eu, quando gosto, me entrego todinha.

— Por que não uma vez por semana?

— Você escolhe. Quer passar uma noite comigo? A noite inteira? Me desfrutando à vontade?

— Poxa, você deixa? É só o que...

— Só que é a última. A despedida. Para nunca mais.

— ...

— Ou prefere ser um bom amigo?

— É que eu sinto falta.

— Ainda se queixa. Você que é velho. E eu, moça, acha que eu não?

Ele tirou o óculo para enxugar o olhinho raiado de sangue:

— Tão saudoso, não dormi esta noite. Galo cego pinicando no peito. Um pigarro. Perna trêmula. Três vezes fui ao banheiro.

— Me dá pena, André.

— Será a próstata?

— Não é de mim que precisa.

— Olhe a mesada.

— Não tenho preço.

— Que eu...

— O que você quer é uma segunda mãezinha.

Furiosa, preparou dose dupla. Acendeu um cigarro no outro. Zanzando pela casa, copo na mão, até as seis da manhã. Dormiu sentada na poltrona e acordou com dor de cabeça.

— Que me aconselha, Mudinho? Macho se eu quisesse... Basta ir à janela e assobiar.

— ...

— Se alguém disser: *Eu fui com ela para a cama.* Pode dar uma gargalhada. Que é mentira.

— ...

— E você, Mudinho? Gosta de mulher? Ou prefere homem?

Mais que o provocasse (*sim*, bata só uma, *não*, duas vezes), quieto e calado. Seria o João? Não, já no tempo de João ele telefonava.

— Olhe, Mudinho. Você não tem nome? Então fica sendo João. Tenho de desligar, João. Tiau.

Cada vez mais aflita pela falta de resposta:

— Não sei se é homem ou mulher. Não acredito seja homem. Quem sabe você é lésbica. Não é, Mudinha? O João é uma lésbica. Então ouça bem. Se você quer ajuda eu te ajudo. Toco piano. Acordeão. Sou boa na bateria. Quer aprender música, Mudinha?

— ...

— Quem sabe o problema é com teu marido. Homem a gente prende pelo estômago. Sou grande cozinheira. Te ensino tudo. Até o pozinho que se põe no fim da comida. Aquele pozinho mágico.

Quando não se irritava:

— Não fala, maldito? Por que me tortura? De

mim não tem pena? Agora vou desligar, Mudinho. Para nunca mais.

De repente sem chamar dois, três, sete dias. Ela xingava o telefone:

— Fala, taradinho. Fala!

Arregalava bem os olhos:

— Fala, meu escravo. Não sou feiticeira? Não sei encantar os bichos? Vou contar até três, ouviu? Daí você toca. Toca, desgracido. Conto até sete. Se não toca eu te arrebento. Um, dois...

Contando e recontando até o fim da noite.

— Alô. Alô?

Pelo silêncio era ele. Ou ela?

— Mudinho? Meu amor. João, que aconteceu? Por que não chamou? Não podia mais de tanta saudade. Eu te amo. Quem é você, seu bandido? Por que judia de mim? Não vê que estou chorando? Não aguento mais.

— ...

— Você ganhou. Eu sou tua. Faça de mim o que bem entenda. Pode vir. A porta aberta. Te espero toda nua.

— ...

— Mudinho ou Mudinha, seja quem for. Se não

vier, eu morro de tristeza. Bebo formicida com guaraná. Ateio fogo às vestes. Me atiro da janela.

— ...

— Deixo um bilhete. Que você é o culpado. Está ouvindo, João? Venha depressa. Não posso mais. Venha, seu grande puto.

— ...

— Por favor. Por favor. Por favor.

Filhas em Pranto

Nhô João é uma eterna velinha colorida acesa no bolo de fubá: oitenta e um anos. Lépido, chapéu de aba larga, poncho cinza de franja. Sem nenhum dente e sorrindo na alegria boba de estar vivo: o último de treze irmãos.

Cabelo inteirinho branco. Azuis os olhos, raiados de sangue. Mas não usa óculo. Passa na mulinha, vislumbra a silhueta, acena com o chicote:

— Ei, moçada.

Um e outro conhecido reclama da soberbia.

— Já sabe que fisionomista não sou.

De manhã reinando na porta da farmácia. Os dedinhos tortos enrolam a palha do cigarrão. Muito se vangloria:

— Tão bem nunca me senti.

Estrala o chicote na botinha vermelha.

— Não morro nunca mais.

Deliciado ao rangido da cadeira de balanço na varanda. De repente o longo silêncio. E o grito das filhas:

— Venha, José. Acuda, Maria. Que papai...

Olho branco, a careta do espirro interrompido.

— Quem trouxe o padre?

— Foi a Maria, a bandida. Quando eu vi estava com ele no quarto.

— Disse ao velho que se casasse ia para o céu.

Já não podia receber a hóstia. Então o vigário pingou o santo óleo na língua.

— Ela pensou que eu dormia. Na beira da cama, sacudiu o velho: *João, você não me deixa na rua.* De aflição o pobre só gemia.

— Ele se foi e a bruxa ficou.

— Ainda moça e enfeitada.

— Pudera, o passadio do bom. Onze, doze anos de concubina?

— Desde o tempo da pobre mãezinha.

— Os lençóis de papai tinham pulga.

— E para a grande senhora só pelúcia.

— Eu o visitava e para ela não olhava. De manhã ali sentadinho no caixão de lenha, o rosto sem lavar.

— Nem banho de assento ela dava.

— O José a sirigaita pretende que é filho do velho.

— A cara do compadre Carlito.

— Sabe que é mesmo. Igualzinho.

— Prova que do pai não é.

— A megera bufava com o velhinho. E o coitado sem ela não sossegava.

— É certo que dava a papinha na boca?

— Mentira. Eu é que sei. O velho só faltou morrer de fome.

— Até que no enterro ela se comportou bem.

— Também levou o que de melhor. Foi a primeira a avançar.

— Pouco sobrou na casa.

— Uma cama velha.

— Depois dela...

— E uma chaleirinha furada.

— ... você carregou o resto. Eu fiquei sem nada.

— O resto? Sua desgracida. Peguei uma cuia quebrada. De lembrança.

— Cuia quebrada? Era de prata lavrada.

— Não discuto por bobagem.

— Quantos porcos ficaram?

— Dois ou três. Lá na capoeira.

— Eu vendo.

— Mas eu não. Quero a leitoa para mim.

— E a mula é muito minha.

— O dinheiro no colchão será para o túmulo — um grande medalhão dourado. O retrato colorido. Com a inscrição: *Eterna Saudade Das Filhas Em Pranto.* E a sobra a gente reparte.

— Eu não. Quero o meu dinheiro.

— Daí não adianta chorar. Não tem direito no medalhão.

— Fingida não sou.

— Nem acenda vela pela alma do velho.

— Maldita você.

— Mais maldito velho.

— Que lá do túmulo te pragueja.

A Última Ceia

— Sabe que o Amendoim morreu?

— Qual deles?

— O mais lindo e o mais briguento. Brabo, as nadadeiras ficavam roxas. Mordia os outros e escondia-se atrás da pedra. Dos mais fracos roubava a carne moída. De manhã, ao entrar na sala, dei com ele no fundo. Em pedaços. Os outros se uniram e o estriparam a dentadas.

*

— Mudinho, o que estou fazendo? Adivinhe.

— ...

— Com a mão no aquário. Beijada pelos peixinhos.

*

De cama, com febre, tossindo. Na fossa.

— Briguei com mamãe.

A velha possessiva e despótica. Foi muito castigada.

— Segurava a trancinha e batia minha cabeça na parede.

Será que merecia? Começou com chinelo. Depois tamanco. Enfim vara de marmelo. Quando apanhava, punha as mãos atrás para se proteger. E a mãe acertava nos dedos, que sangravam.

— Ela me surrou até os quinze anos. Ergueu a mão, que agarrei e dobrei: Agora a vez da mais forte. Não ouse. Nunca mais!

Desde então ficaram boas amigas.

*

Meia-noite, cochilando diante do aquário iluminado. No telefone a voz trôpega.

— Como vão os peixinhos?

— Ganhei cestinha que fica boiando. Deito a minhoca, gorda, bem lavada. Eles beliscam, deliciados, por entre as frestas.

*

— Você é um bagre. Conhece bagre, Mariinha? É viscoso. Escapa da mão.

*

Segunda-feira, o Mudinho:

— ...

— Alô?

— ...

Ela deixou passar dois minutos.

— Alô?

Ele, nada.

Mais três minutos. O Mudinho, quieto. Derrotada, ela desligou.

*

— Minha mãe já disse: *Esses moços, Mariinha, estão apaixonados. Todos eles. Só você não vê.*

— A culpa é sua.

— Ontem um deles quis me agarrar. Eu detestei:

Nossa combinação não é essa. Abri a porta e me despedi: Erga-se daqui. O único que se atreveu. Se ele repetir, proíbo a entrada.

*

— Hoje é o último dia.

— Chega de beber, André.

— Vou tirar a aliança do dedo.

— Faz muito bem. A minha já perdi.

— Nunca mais ouve a minha voz. Para sempre. Daí é tarde... Não diz nada?

— Uma coroa de cravos vermelhos eu prometo.

*

Ele telefonou assim fosse o Mudinho. A moça reconheceu a respiração sibilante — esquecido de tapar o bocal.

*

— E se é verdade? Se ele corta o pescoço com a navalha?

— Por que não recolhe esse pobre velho?

— Pelas crianças. Ele brigava muito. Estou sendo calculista? Perversa? Nada vale o ano inteiro que lhe dei?

— Leia o jornal amanhã. Se ele se matou é fácil de saber. Bem que é nome pomposo de rua.

— Um velho sujo. Se me vender não será para ele. Terei um bonitão por noite. A preço fixo.

*

— O João telefonou: *Não imagina, benzinho. Estou mudado.*

— Será que...

— *Deixei crescer a barba.*

— Puxa, que susto.

— Depositou dinheirinho na minha conta. Insiste em visitar as crianças. Não posso deixar.

— Por quê? Afinal é o pai.

— Dos filhos não quer saber. É a mim que fica adorando. Ó Deus, como fui tão ingênua? Casar com uma...

*

— Sabe que desmanchei um casamento? Moço lindo chamado Diogo. No consultório do dentista o encontro. Como eu, paixão por samambaia e avenca. A calvície precoce lhe dá mais encanto. Na primeira visita:

— Por que não trouxe a noiva?

— Muito burrinha.

Telefonou no meio da noite:

— Hoje a missa de sétimo dia de minha avó. Muito deprimido. Posso desabafar com você? Levo garrafa de uísque.

Bobinha ela concordou. Mal abriu a porta:

— Credo, você. Marcado de batom.

Ainda quis negar.

— Olhe a boca. O pescoço. Só pode ser. E bem vermelho.

Com o lenço esfregou o risinho safado.

— Missa de sétimo dia, hein? Entre no banheiro e limpe essa boca.

Quando ele voltou:

— Agora me conte.

Acabava de romper com a noiva.

— Por causa de quem?

*

— Ele usa colete — adoro homem de colete.

*

O doutor André entregou o dinheiro no envelope branco.

— Ali no salão do hotel. Como está acabado. Se você visse. Magrinho, pescoço fino, olho lá no fundo. Com tanta pena, eu pensei: Esse homem morre.

— Assim não precisa se matar.

— Quando ele andou, vi que puxava da perna.

— Qual delas?

— A esquerda. *Volte para mim,* ele pediu. Sabe que não posso. Por que não volta você para a família? *Não me deixe, querida.* Daí fiquei com raiva. Por que esse homem não vai a um médico? Bem podia fazer uma viagem. Por que eu? Só eu? Ele que procure outra.

— E você acha que pode? Arrastando a perna?

*

— O velho telefonou: *Venha amanhã receber a mesada*. Não quis dar o gostinho:

— Amanhã não posso.

— Quando então?

— Depois de amanhã. Duas e meia.

— Te espero.

Ele não estava. No salão a moça aguardou dez minutos. Já irritada. Chegou ofegante, arrastando a perninha:

— Vamos subir.

— Por que subir?

— O dinheiro está lá em cima.

Relutante, quis se negar. Quarto de hotel não é para encontro amoroso?

— Está bem.

No elevador, só os dois, sentiu o conhaque no bigode amarelo.

Ele abriu a porta — a cama de casal. Tirou o paletó e pendurou na cadeira. Ela ficou de pé, sem largar a bolsa. Descansou a sombrinha na cama. Do bolso o doutor sacou o envelope e, em vez de entregar, lançou sobre a mesa. Ali a garrafa pela metade com dois copos.

Era gesto de desprezo? Ofendida, o rosto em fogo, depois lívido. Mordeu o lábio, apanhou o dinheiro, guardou na bolsa.

— Só por meus filhos aceito este maldito dinheiro.

— Ah, é? E para os teus machos o que eu sou? O velho coronel?

— Não sou vagabunda. E, se for, tenho quantos machos quiser.

— Então o que é?

— Pois bem. Eu sou. Puta de rua. Puta rampeira e fichada.

— Você é uma atrevida.

— Puta de todos os machos. Menos de você.

O velho encostou-se na porta e abriu os braços — um elástico branco em cada manga.

— Daqui você não sai.

— Mais nada entre nós, André.

— É a despedida. Última vez.

— Não e não. Tudo acabado.

Avançou furiosa, dedinho em riste:

— Olhe, doutor. Sabe o que você é?

Ergueu-se na botinha, encostou o dedo na ponta vermelha do narigão:

— Um grande coronel manso!

— Não esqueça, menina. Cadela não recebe mesada.

Óculo embaçado, bigode trêmulo, bem rouco:

— Eu quero você. Daqui não sai.

— Abra já essa porta. Se sou cadela, serei a mais escandalosa das cadelas. Abra ou se arrepende.

— Fale mais baixo.

— Se eu deito nesta cama você nunca mais se levanta.

— ...

— Te deixo castrado.

— Não grite. Por favor.

Derrotado, baixou os braços, afastou-se da porta.

Ela ajeitou a bolsa no ombro. E agarrou a sombrinha amarela. Para ver o que tinha perdido, a blusa meio aberta, sem sutiã. Ali o negro Jesus crucificado de delícias entre os dois biquinhos róseos.

— Desculpe, querida. Meu naco de pão. Fique. Meu copo de vinho. Só um pouco. Minha última ceia.

— Passe bem, doutor.

E saiu, loira de raios fúlgidos, vestido vermelho, espirrando fogo da botinha dourada.

Fim do corredor, olhou para trás: lá estava, a mão na parede, cabeça baixa. Muito longe para saber se chorava.

*

— O pobre senhor. Não sente dó?

— Pois é. Tão magrinho. Dá uma pena.

— Só uma noite. Que mal tem?

— Tem que a cama do velho é uma cova de sete palmos.

*

— Para ele sou a mulher fatal de Curitiba.

*

Bengala branca de bêbado tropeçando em horas mortas:

— Perdoe, querida. Me comportei mal. Não tinha o direito.

— Está desculpado.

— Você desculpa. Mas não deixa.

A promessa de certo carinho proibido.

— Por que não faz?

— Em você?

— Não. Na sua mulher.

Na velha? Da qual afastado havia quinze anos?

*

— Tossinha seca, o peito preso. Parecia gripe. Tomei duas pílulas. Uma noite medonha.

— É natural.

— Uma faca rasgando o coração. Quase chamei o médico.

— Foi só uma noite.

— Não tenho passado bem. Meio tonto. Acordo com suores frios.

— Seja bobo.

— Meus dias contados. Não posso subir escada. Nem dar um passeio. Por mais devagar que ande. Sem sentir canseira. E a perna dois meses inchada. Não me iludo. O fim está perto.

— ...

— Só quando te vejo fico um pouco alegrinho.

— Por que não faz uma viagem?

— Perdido sem a pastilha no bolso. Na hora de aflição é derreter debaixo da língua.

*

— Daí me lembro. Não posso ter pena. Com o vício de mascar o eterno amendoim.

— Ora, defeito da dentadura.

— E a mão boba? Sempre a mão fria. Ai, que nojo.

— Ninguém finge a mão fria.

Para que a deixasse em paz:

— Arre, André. Credo, você. Vá escolher feijão.

— Agora tem que estudar piano. Uma hora no mínimo.

— Trate de dormir. Veja que caminha boa.

— ...

— E nada de sonhar comigo.

*

Três da manhã:

— Você fez de mim o general Pierrô. Esquecido no banhado.

— Está bêbado, André.

— Sem o beijo da princesa, para sempre o último dos sapos.

O Marido das Sete Irmãs

Das sete irmãs? O marido? Eu sei da história. Conheci bem o João.

Um caboclo do Caracol. Afeito a caçada. Tempo de paca, veado, capivara. Louco por carreira. Tinha mania de burrichó. Quanto mais pequetito, melhor. Para se deliciar com o orneio. Que dispara o coração da fogosa potranquinha.

Baixo, gorducho, bigodeira. Desde mocinho dado a mulheres. Famoso amante da grande Lurdinha Paixão. Ainda me lembro. Amarrava o tordilho debaixo da glicínia azul. A longa espera na sombra. Depois que a deixou, ela caiu na vida. Soberba, só recebia homem de posse.

Foi tropeiro. No punho o chicote de três tiras que arrasta no chão. Negociou com éguas e mulas. Dinheiroso, instalado no sítio do Caracol. Corrente prateada do patacão no colete. Gostava de se gabar:

— Arranho uma viola. E frequento mulher-dama.

Chapelão branco e terninho de brim cáqui. Botinha preta de gaita. E espora — arrancava grito das pedras.

As sete mulheres? Eram a legítima e duas irmãs que, desde o primeiro dia, vieram com ela. Mais a das Dores e a filha Rosa; ele preferia a mãe, que a moça era papudinha. E duas magrelas de cabelo vermelho, da família Paiva, eram primas.

Ao chegar, uma corre ao seu encontro na porteira. Segura a rédea da mulinha e o ajuda a apear. Ali na varanda ele se recosta na rede trançada de palha de milho.

A segunda tira uma botinha. E a terceira mais uma. A quarta já vem com o chinelinho de pelúcia.

Das Dores traz a chaleira de água quente e a cuia lavrada. E a seguinte oferece entre os dedos o enorme cigarro de palha. A sétima, essa, adivinha as ordens do querido amo e senhor.

Amigo de passeio, nhô João vai na mula de passo lerdo e atrás, a pé, cesto na cabeça, a Rosa com os quitutes. As demais cuidam da criação e lidam na roça.

Uma visita brada na cancela:

— Ó de casa!

As donas vergonhosas fogem para a capoeira. Quem atende à janela é a loirinha Das Dores — seria a predileta?

Nhô João foi no mesmo dia registrar dois filhos. O escrivão consulta o juiz, que o interpelou, divertido:

— Que é isso, nhô João? Dois filhos? De mãe diferente?

— São todos filhos de Deus.

Afinal contentou-se com as irmãs. Eram três, nunca que sete. Eu via de longe. Na cama como ele resolvia? Nessa intimidade nunca entrei. Nem sei qual era a legítima. Moças de prendas e finos modos. Fez filho nas três.

Que lhe lavavam os pés. Uma trazia água esperta na gamela. Outra enxaguava de joelho. E a terceira os esfregava na toalha branca de franja.

Uma delas morreu de parto. Oficiar o padre não queria, o castigo das irmãs pecadoras. Nhô João surgiu na sacristia, estralou na bota o chicote, retiniu uma e outra espora:

— Mecê acompanha, benze e canta.

E o vigário mais que depressa. Feito o enterro com todas as honras, nhô João não quis ficar sem três. Lá nas Porteiras, lembradas pelas doces jabuticabas, se engraçou de uma caboclinha.

Que era, com perdão, mulher da vida. Toda dengosa e muito branca. Quando o visitei, a Teteia já reinava na casa. Me recebeu com licor de ovo e broinha de fubá mimoso.

Depois morreu outra irmã. Nhô João que fez? Da Lagoa das Almas trouxe na garupa a moreninha de fita amarela na trança.

Passaram-se anos. Daí finou-se mais uma — seria das irmãs? Nhô João deu uma loucura nele. De casa tocou as últimas duas.

Bombacha cinza listada, lenço vermelho no pescoço, quem eu encontro na porta do fórum? Preparava os papéis para casar. Menina jeitosa e enfeitada. A caçula dos Padilha, façanhudos bandidões.

— Está na hora, nhô João, de amarrar a mulinha na sombra.

— Ainda arranho viola.

— Casado com uma só?

Gargalhou, sacudiu a barriguinha, buliu a espora:

— E frequento mulher-dama.

Três anos chegou a desfrutar — ou foram três meses? De noite a mocinha lavou-lhe os pés.

— Nunca me senti tão bem.

Ele arrepiava-lhe a dourada penugem da nuca:

— Nunca mais, Lili, que eu morro.

No almoço repetiu o virado com torresmo. Espichou-se na rede forrada do pelego branco. Ali na varanda regalado com o orneio do burrichó.

De tocaia o bandido atrás do poço. Foi um tiro só. Espantou da laranjeira o bando de pardais. Quieto, nhô João baixou a cabeça no peito.

De repente a casa aos gritos:

— Venha, Dutinha.

— Corra, Lili.

— Acuda, Graciela.

A Rainha do Caneco de Sangue

— Por favor, Maria.

— Não chateia. Garçom, mais uma.

Sua perdição era a batida gelada de maracujá.

— Que seja a última.

Ingrata revolveu mais fundo a faca no coração.

— Com o André eu tinha vodca...

João disse que era o fim.

— ... e caviar.

Ela correu atrás. Jurou que só dele gostava.

— Eu bebi, João. Me desculpe. Volte comigo.

Outra vez à mesa do Caneco de Sangue lembrava o tempo de menina.

— Muita gente ia à missa para ver o meu vestido.

Todo domingo ganhava bolsa, luva, sapatinho.

— Agora olhe para mim.

Fulgurante vestido vermelho de cetim e dentinho

de ouro. Olhar para ela era cair de joelho. Por ela esqueceu mulher, filho, emprego.

— O único culpado. Não me deixa sair.

— Por que provoca todo homem?

Qualquer um, corcunda, velho barrigudo, anão, vegetal na cadeira de roda.

— Sabe o que é? Só um palhaço.

Olho vermelho, barba por fazer, voz rouca, acende um cigarro no outro.

— Por você, sua desgracida, larguei tudo.

— Quer me bater? Não tem coragem.

Desafiava os amantes. Entregando o revólver e abrindo a blusa:

— Atire, se for homem.

O grande Candinho disparou dois tiros, milagre não acertou.

— Nunca tão só, querida, como na sua companhia.

Dor fininha no fundo da alma, acordou. Luz acesa, com a gilete, Maria lhe sangrava de leve o pulso.

— Tudo o que sofri, Maria, nunca fui tão feliz.

Não era só homem. Viciada no colégio de freira. Obrigado a participar de uma festinha a três.

— Uma pequena chácara...

Como roubá-la só para ele?

— ... e criar galinha.

Fungava na maior aflição.

— Pare de fungar. Que nojo.

Não podia, asmático ao seu perfume barato.

Era só beber ela apelava para o escândalo. Trancou-se no quarto, abriu a janela, gritou que ia se jogar.

— Não faça isso. Eu te amo, querida.

— Seu frouxo. Não é de nada.

— Não mereço o teu desprezo.

— João, você é uma lésbica.

Rebentou a porta a murro e pontapé. Abraçou-se nas pernas dela, os dois chorando. Fizeram amorzinho bem gostoso.

Galã bacana? Dama consequente? Ela sorria, piscava o olho estrábico, insinuava a linguinha.

— Olhe, João. Acabei com a vida de muito homem. Vou acabar com a sua. E você não poderá me deixar.

— Por que diz isso, meu amor? Por que só me tortura?

Descrevia a intimidade com outros, exigia posição diferente, nem sempre ele acertava. Medo de perdê-la, cultivou bigodinho, consultou a famosa Madame Zora, comprou anel mágico.

Ela apontou o baixinho feroz de costeleta:

— Foi meu amante. Melhor na cama do que você.

Entrou a pretinha com a cesta de rosas. Maria segurou-lhe a mão.

— Da cesta você a rosa mais bonita.

Voltou-se para ele:

— Eu, ela e você. Saudosa de uma orgia.

— Puxa, Maria. Não faça isso comigo.

— Até eu dizer chega.

— Pelo amor de Deus. Quer me desgraçar?

Maria foi beijar a mocinha, inclinou a cadeira, caiu de costas.

Ele pegou-a no colo, subiu a escada. No banheiro fez que lavasse o rosto. Perversa ela o esbofeteia. Atirou nele o isqueiro, com toda a força. Acertando na testa, amassou um dos cantos. A escova, que ele desviou, partiu a vidraça. Furiosa, quebra todos os frascos da penteadeira.

Deitou-a na cama, sentou-se no chão, mais de uma hora vendo-a dormir. Abriu os verdes olhos putais:

— João, vou buscar a pretinha. Quero para mim.

— Não. Você fica.

E estralou dois bofetões.

— Por que não vai embora? Não quero mais você. Volto para o André. Ele não atrapalha a minha vida.

— Não me deixe fazer um crime.

Daí pediu ovos mexidos, que João serviu na cama. Ela deu uma e outra garfada:

— Está salgado.

E atirou o prato contra a parede.

— Puxa, meu bem. Não sabe que eu te amo? Viemos para cá ser felizes. Longe de tudo e de todos.

— Enjoei de você. Estou muito presa. É ciumento demais.

João apanhou a roupa e guardou-a na mala. À sua volta, lenço de éter na mão, ela o injuriava.

— Maria, não me deixe ir.

Ela encostou-se na porta, sorriu bem cínica, abriu o roupão dourado de seda. Ele parou, cabeça baixa. Caiu a seus pés e beijou a unha branca do dedão.

— Assim que eu te quero. De joelho.

— Você destruiu meu lar. Não fui só eu.

Maria invadiu a casa e reclamou da esposa toda a roupa de João.

— Você é uma bandida.

— Ah, é? Essa botinha marrom quem deu? Esse óculo escuro? Esse isqueiro prateado?

Rapaz fino, boa pinta, sem um vintém. Trabalhou até de garçom. Teve quatro ou cinco mulheres, riquíssimas. Por interesse casou com a filha de uma delas. Nenhum remorso porque ela sabia.

— Nunca fui gigolô.

Seu poder e sua glória foi se apaixonar por Maria. Traiu pai e amigos, sem futuro nem salvação.

— Por tudo que é sagrado. Em nome de tua filhinha...

Ai de João, mais louca ela ficou. A filhinha querida telefonou na noite de Natal.

— Mãe, não quero ver você. Nunca mais.

Para se vingar xingou-o de corno manso.

— Muito homem subiu e desceu essa escada.

Não se afastou o dia inteiro. Deixou-a cinco minutos para comer um sanduíche no bar da esquina. De volta, cadê Maria? Saiu atrás, bateu em todas as portas, bebeu em todos os bares. Horas depois, olho roxo e marca de pontas de cigarro na bundinha, quem pedia uma batida de maracujá?

— Não podia fazer isso comigo.

Pupila arregalada, numa viagem longe.

— Ó João, você já era.

No começo achou divertido. Ele a fazia mudar de roupa três, quatro vezes. Que o vestido estava curto. Aquela blusa, sei lá, era decotada. Ao cruzar a perna, tinha erguido a saia. Obrigada — não é o cúmulo? — a usar sutiã.

Maria telefonava para um:

— Olhe. Tenho de falar depressa. Um cara obsessivo. É aquela paixão. Aproveito que foi ao banheiro.

Com dor de dente, proibida de ir ao dentista.

— Ih! Já vou desligar. Ele que chega.

Escondido levou a garrafa vazia ao terreiro de macumba para que ela deixasse o vício.

— O tipo é alucinado.

Brigando no Caneco de Sangue desde o meio-dia. Uma blusa de renda — essa não — transparente. Só de traidora.

— João, não aguento mais. Eu volto para o André. Ele, sim, me dá toda liberdade. Perdendo os melhores dias da minha vida. Sou moça e gosto de me divertir.

Em desespero ele bebeu, ainda mais infeliz — o maldito amor lhe sangra a úlcera, arruína a unha encravada, espirra dois furúnculos no pescoço.

— Não devia ter feito. Eu não mereço.

Ia ao banheiro escovar os dentes, não largava a bolsa marrom de couro, o último presente.

Três da manhã, ela desfilava pelo quarto de calcinha azul e a blusa transparente.

— João, me dá pena.

Sacudiu a longa cabeleira tingida de loiro.

— Sai já daqui. Esta casa é minha.

Chorou Maria e chorou João, que pedia pelo amor de Deus.

De repente um grande silêncio.

— Se você me quer de joelho, por você eu me ajoelho. De mão posta. Não me deixe ir embora. Já esquecida do espelho oval ao lado da cama?

— Arre. Cai fora. Rua.

Ele caminhou cinco passos. Parou, pensou e voltou. Maria sentada na cama, de mão no queixo, cabeceando. Pegou-lhe na mãozinha cheia de anéis, que ela tirou.

— Vamos ficar juntos, meu bem.

Ela disse não. E, acendendo o cigarro, que não.

— Meu amor, eu odeio você.

Agitou o cordão de ouro no tornozelo esquerdo. Terceira vez não.

— Sem você não posso viver.

Desafiante, ela ergueu a cabeça.

— Pode ficar. Com uma condição.

Ele ria e chorava de alegria.

— O que é, meu bem?

— Divide o meu amor. Com homem e com mulher.

João fungava e roía a unha.

— Não sabe como é bom ser traído.

— Não diga isso, Maria.

— Saio agora na rua. O primeiro que achar. Trago para cá. Você assiste e fica bem quietinho. Quer?

Foi berro de amor? de ódio? de ciúme?

— Sua puuuta!

Ela alcançou a bolsa e bateu-lhe no rosto.

— Você não é minha?

Abriu-se o fecho, rolaram bolinhas, revólver, cheque sem fundo.

— Não é de outro homem.

João ergueu o revólver. De susto ela deixou cair o cigarro da boca. O primeiro tiro partiu o dentinho de ouro e afogou o grito. Cego das lágrimas, quantas vezes apertou o gatilho?

— O meu amor eu matei.

No biquíni azul a cabeça amarela de gatinha.

— Não sou mais ninguém.

Este livro foi composto na tipologia Minion
Regular, em corpo 13/19, e impresso em
papel off-set 90g/m² no Sistema Cameron
da Divisão Gráfica da Distribuidora Record.